天下篇，逍遙遊
七星劍，葫蘆酒
你就這樣長身去了江湖
自天涯滄桑風塵回來的你
大鐘鳴鼓，琴瑟竽笙
高台厚榭，邃野之居
或人何在？或人何在？
你又帶書攜酒配劍
從眼前到天涯，一路過去

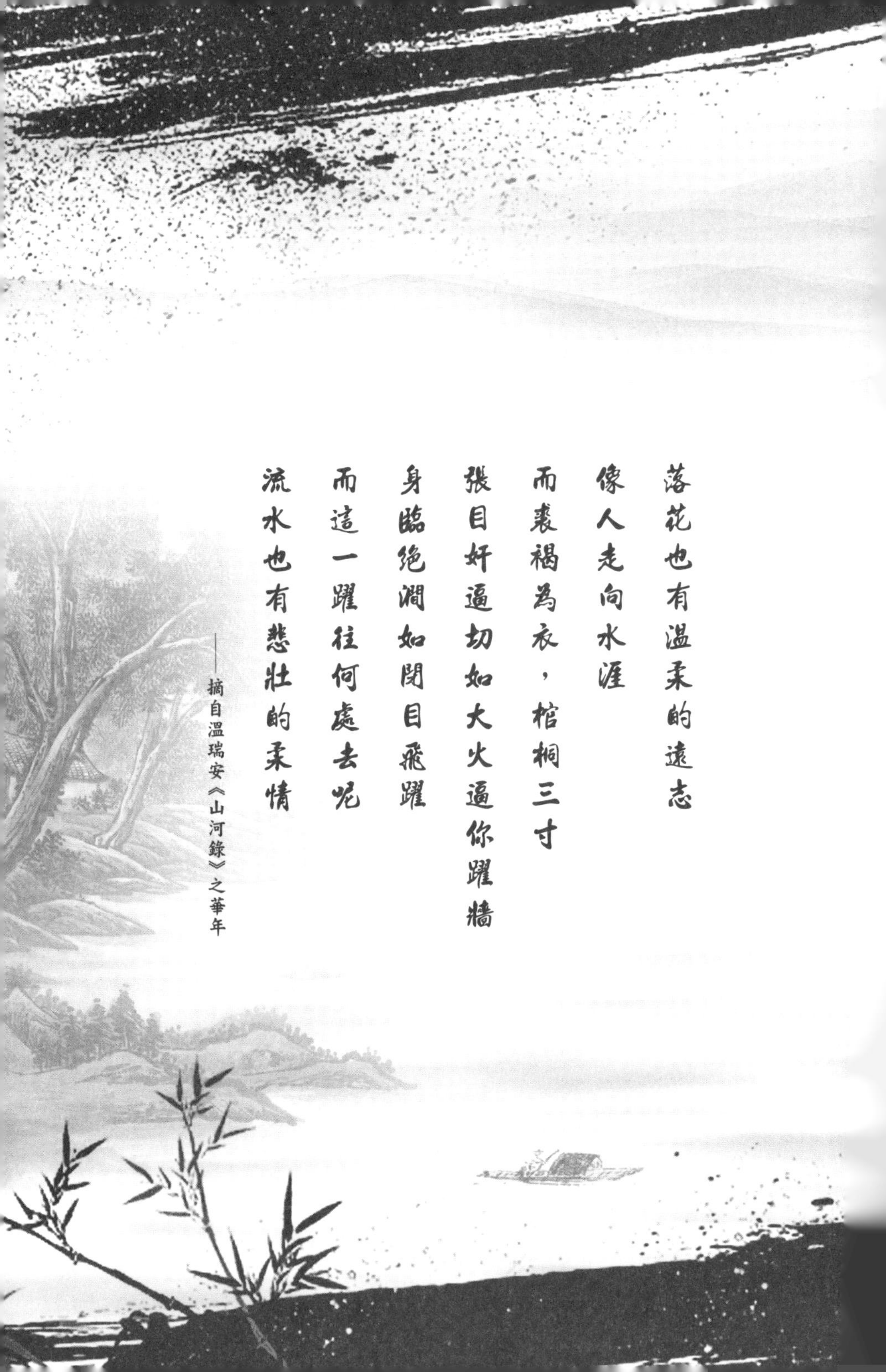

落花也有温柔的遠志
像人走向水涯
而裘褐為衣，棺桐三寸
張目奸逼切如大火逼你躍牆
身臨绝澗如閉目飛躍
而這一躍往何處去呢
流水也有悲壯的柔情

——摘自温瑞安《山河錄》之華年

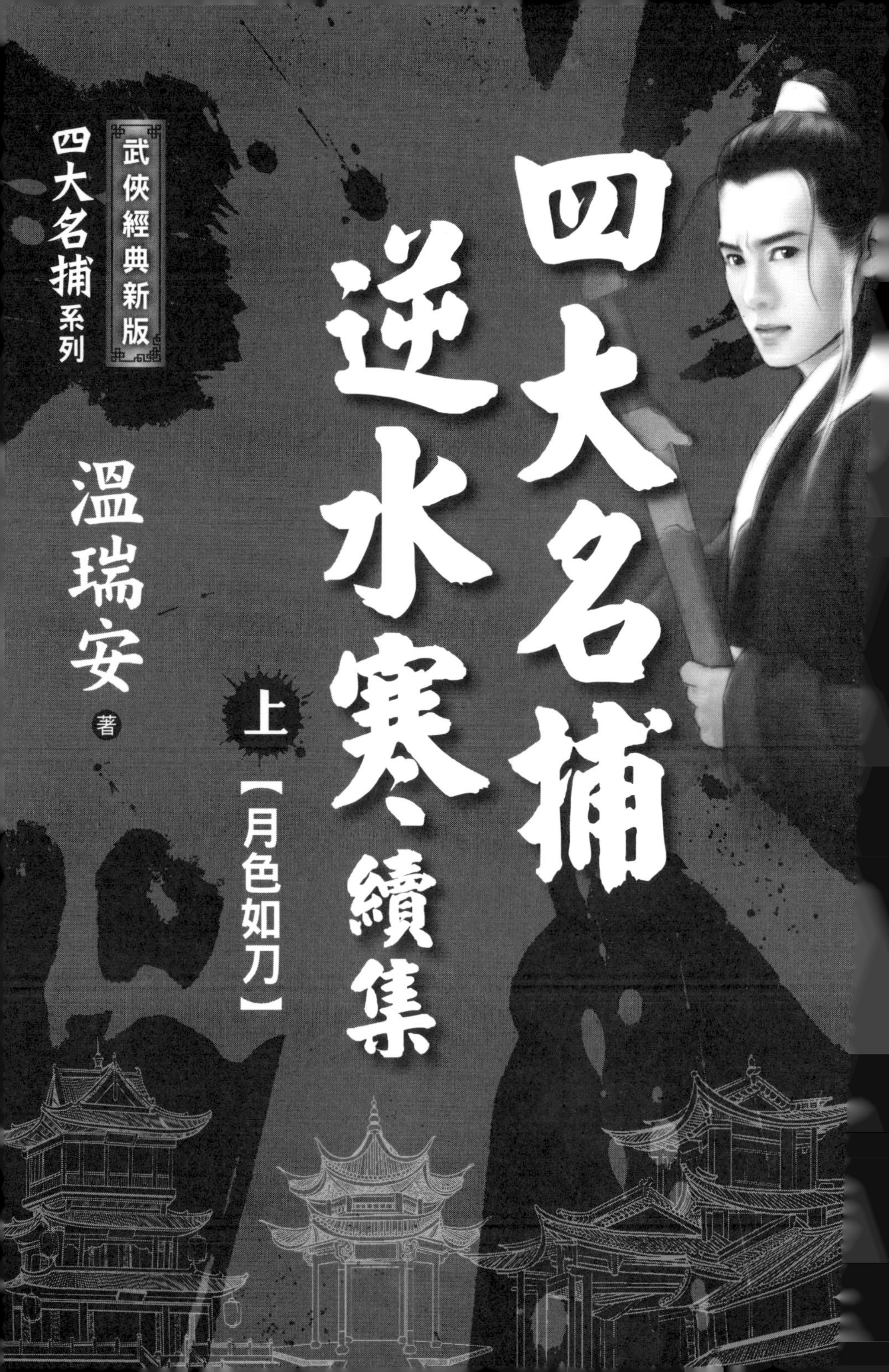
四大名捕逆水寒續集
上
【月色如刀】
溫瑞安 著
武俠經典新版
四大名捕系列

四大名捕逆水寒系列

逆水寒續集 上卷 月色如刀

目錄

六一　一個決定足以改變一生

這幾個人衝了進來，一齊下跪行禮，「屬下給劉大人請安。」

劉獨峰臉上浮起了一個似笑非笑的表情，只道：「你們來得可正是時候。」

只聽賓東成氣急敗壞的說：「誰叫你們來的！快回，快回！」他剛才已極力攔阻過這九名邊防守將郗舜才的近身侍衛進來，可是這九人卻不肯聽他的話，他只恐劉獨峰見責。在外縣僻鎮當個小父母官，邊防小將雖然是個肥缺，但對能夠在天子面前說得上幾句話的朝廷命官，總要矮上一大截。他寧可得罪郗將軍，也不敢開罪劉捕神。

那為首的大漢滿臉笑容的道：「賓老爺，這可是你的不是了。」

賓東成氣得鼻子都白了，他身旁兩名衙役，已手按刀柄，一口叱道：「大膽！」一口喝道：「閉嘴！」

賓東成一擺手，制止兩名手下有所行動。那兩名衙役瞧在職責上頭，不得不吆喝幾聲，充充模樣，其實要他們真個出手對付邊防將領的親信，那可要他們的命！他心裡總是盤算，自己還要在這地方混下去，好歹都是直接負責治安的地方官，但郗舜才手握兵符，儘量不要扯破了顏臉。當下強忍一口氣，道：「洪副統領，你有什麼高見！」

大漢笑齜了牙，但話鋒分毫不讓：「高見不敢當！賓老爺是知書識禮，我洪放斗大的字都不識得一個，只知道劉捕神是萬民景仰的大捕頭，這次因公蒞臨本縣荒鎮，我們郗將軍慕名已久，誠心結納，賓大人這下拒人於千里之外，把劉捕神這麼一位名震八表的人物，關門藏了起來，其他欽儀劉捕神的人，豈不是都要求見不得了？你這般做法，豈不是將軍抱憾，錯失交臂？」

賓東成怒道：「如果我有意把劉捕神的行藏遮瞞，郗將軍又怎會知道劉捕神來了？你這番忒也無理！」

洪放仍然笑著，笑得十分謙卑，「屬下不敢無禮。劉捕神這下明明要走，將軍早料有這一著，要我們先行一步，保護劉大人，將軍隨後就到。」

賓東成氣得跺足，只道：「劉大人，你看，這……我左右做人難哪。」

劉獨峰知道賓東成攔不住這九人，才讓他們闖了進來，實非他有意設計，便道：「是我叫他不必張揚的。他通知了郗將軍，我很不高興。我這番來，原有重要任務，不打算通知任何人。」

洪放似沒想到劉獨峰會這樣說，怔了一怔，仍滿臉笑容地道：「將軍是怕這一路上不平靖，特別要我們九人來侍奉劉大人的。」

賓東成道：「咄。路上不平靖，劉大人天下無敵，誰敢招惹？就憑你們，就保護得了劉捕神麼？」

劉獨峰雙眉微微一皺：「諸位請回，我承辦一些案件，不宜偏勞各位，請轉告郗將軍一聲：將軍好意，在下心領了便是。」

洪放等人互覷了覷，其中一個瘦子道：「郗將軍命我們前來，要是我們違命自去，必遭重罰，劉大人可否稍待片刻，俟郗將軍親來拜會再說？」

劉獨峰心忖：郗舜才這一來，可就更加招搖了，當下便道：「不必了，我們這下正要趕路，馬上就走。」

洪放道：「將軍想必已啓程，劉大人不必久候，只需片刻，將軍必可趕到……」

劉獨峰森然道：「我有公事在身，如有延誤，你們負責得起？」

那九名漢子一齊變色，都俯首說：「不敢。」

劉獨峰知道這一句話已然奏效，心下一陣慚愧：利用職權、權威，的確可以享受很多常人不能有的方便。自己一直力求避免，但有時爲情勢所逼，一樣不能或免。只要有了個開始，濫用特權，就會不知不覺的腐化下去，造成肆施淫威。自己尚且如此，定力不夠的人更不堪設想。其實，他在此地並沒有什麼特殊任務，只是爲了躲避敵人追擊，只好這般說，以免這干人老是夾纏不休；但這般說了，自己分明是仗聲威唬人，實在問心有愧。

他雙手一拱，向九人道：「諸位請了。」闊步踏出；張五、廖六押著戚少商，走出了賓府。

迤邐的泥道，穿過衢街，不知往何處延伸？殘垣上有一叢草，在陽光下水蔥也似的碧綠，乍看還以爲草端上都白了頭。

長路漫漫。

他們沒有馬上離開燕南鎮。

這鎮上有兩家客棧，一大一小。大的較乾淨，小的很骯髒。規模大的價錢在規模較小的三倍以上。過路的客人，沒有錢的，多選小的住。大的客人並不多，可是一旦有人住上，一個的花費便頂得住小店裡投宿四人。所以，總計算來，還是大店賺錢，小客棧只能維持門面。

人就是這樣，仰臥不過三尺來地，但要好的，要乾淨的，要講究體面的，也因為這樣，店子愈開愈漂亮，人為了要充這些體面，手段只好愈來愈骯髒。

劉獨峰等走進了那家小客棧。

這當然不是劉獨峰的本性。

他一向注重享受，好排場，講舒服。

他們從前門走了進去，不到半個時辰便自後門溜了出來。

進去和出來的時候，已完全換了個模樣。

劉獨峰變成了個商賈。本來繞在頸下的五絡長髯，而今繞纏兩腮，一雙本來極為凌威凜凜的眼睛，用肉色的黏泥貼在眼蓋上，使得看去眼瞼如刀裁，眉尾用染黑的玉蜀黍莖鬚黏上，垂及眼角，穿上城裡綢商的雲雁細錦，頭戴大裁帽，皂履革帶，看起來福泰團團的，完全變了個模樣。

戚少商卻裹在鶴氅之中，頭戴席帽，活像個在中暑的病人，連行路都沒了氣力，看了更不帶眼力。

張五和廖六則上身著襖，下身青褲，頭紮布幘，腳綁行纏，四人雇來了一匹馬車，給足了銀兩，張五扶著裝扮成「病人」的戚少商上車，劉獨峰也翻入車篷之內，由廖六打馬趕車，匆匆離開燕南，直驅無趾山。

燕南是個大鎮甸，來往商賈自然不少，這情景就像一個商客帶著個患病的子侄去城裡求治，誰也不起疑心。

這些化裝，自然都是張五的把戲，以圖瞞過敵人的視線。

至於能不能避過敵人的注意力？或許這只是假想出來的敵人——敵人根本就不存在？這都是難以逆料的事。在意外發生之前，感覺到危機的伺伏，設法去避開它，是門最高深的學問。因爲危機雖在，但被你料敵機先，先行避開，或先將其徹底毀滅，危機就不存在了。不過誰也不知道危機是不是果真會發生？不像危機真的發生之後，悔不當初之際來得那末分明清楚。

真正的高手，是要在危機發生之前覺察出來，而不是在危機發生之後，才去痛悔。

劉獨峰裝扮成商賈模樣，貼上了許多「假鬚」，黏上了許多「肉泥」，變成了個福氣惇惇、反應遲鈍的商賈，劉獨峰自然不喜歡。

他出身素封之家，富裕尊貴，生活舒適已極，但始終保養得好，練功極勤，所以依然矍鑠雄健。這段日子以來，爲了追捕、押解戚少商，已吃過不少苦頭，而今又叫他沾泥混塵的喬裝打扮成個胖商賈模樣，心裡雖老大的不願意，但仍然不怨一聲。

因爲他知道，若不如此，難免就要遇上危機：要押活的戚少商回京，這一路上就得要委屈自己一些。

張五知道主子難受，所以已經儘量不替劉獨峰濃妝——不像戚少商，臉上青的藍的白的粉堊塗了一大堆，要是往帽子底下一張，活像個古墓的殭屍。

馬車轆轆。

起先一個時辰，道上還有行人車輛，不久之後，行人漸少，路漸崎嶇。

廖六果是個趕車能手。

馬匹都像跟他有默契似的，要牠們急馳就急馳，緩行就緩行，不管速馳徐行，車上都不感到震盪。

戚少商忽然想起連雲寨的兄弟：他們也各有各的本領。像「千狼魔僧」管仲一，就擅於召獸驅狼，「賽諸葛」阮明正擅運籌帷幄，「陣前風」穆鳩平能決勝千里……但也有一些兄弟，狼子野心，不惜賣友求榮，枉自相交一場……

忽聽廖六低吟兩聲，又尖嘯數下，似跟馬匹交談，又似是喃喃自語。

張五道：「爺，屬下過去察看察看。」

戚少商警省地道：「什麼事？」

劉獨峰說道：「小六子發現，有人跟蹤。」

戚少商憤笑道：「這些冤魂不散的，真非要戚某人頭不可！」

劉獨峰笑道：「你的人頭我已定下，要你的頭得先問我。」

張五臉有憂色，道：「爺，要不要屬下先去探路？」

劉獨峰道：「你別急，小六子已過去看了。」

戚少商微微一愣，馬車仍然疾行有度，廖六卻已不在轡前縱控，看來，廖六的御馬術比張五的易容術不遑多讓。其他四人什麼雲大、李二、藍三、周四等，想都必有過人之能，都因爲追捕自己而一一死於非命，不但可惜，在劉獨峰和張五、廖六心裡，也想必悲痛莫名。

戚少商不覺有些歉疚起來。

忽聞車外幾聲低嘯微吟。

那是廖六的聲音。

他已回到轡前，就像從未離開過一般。

劉獨峰說：「是他們。」

張五臉上已沒有那麼緊張。

戚少商不禁問：「是誰？」

劉獨峰說：「那九個人。」

戚少商道：「『無敵九衛士』？他們跟來幹啥？」

劉獨峰哂然道：「壞就壞在他們真以爲自己『無敵』。」

張五請示道：「爺，屬下去把他們打發。」

劉獨峰沉吟一下，向帘外道：「離下一個歇腳處有多遠？」他的聲音不大，也不高昂，但剛好可以送入廖六耳裡，馬蹄車輪聲也掩蓋不住。

廖六道：「離開黃槐山神廟，不到三里路，那兒很合歇息。」

劉獨峰向張五道：「反正不急。到那兒才略施小懲，把這干無聊的東西趕回老家去。」

張五臉上露出興奮之色，恭聲道：「是。」

戚少商見張五還很容易便露出一種少年人的氣盛和頑謔之色，便道：「敢問五哥，今年貴庚？」

張五慌忙道：「戚寨主，千萬不要折煞小人，叫小五即可。我叫張五，原字五可，今年十九，我們跟隨爺，以先後入門定長幼，所以廖六雖比我年長，但因遲我兩年入門，只好屈居老么。他原名廖六德，其實無能無德。」

只聽廖六在外笑啐道：「死老五，你又在背後嚼舌什麼？」

張五笑罵道：「你這小六子，五哥也不呼喚一聲，沒長沒幼的鬼叫什麼！」

劉獨峰笑道：「他們就是這樣，愛鬧愛玩，入我門下，正經事兒沒辦成幾件，倒愛鑽邪門歪道，嬉笑玩鬧……」說到這裡，忽然念及雲大李二藍三周四已歿，心裡不禁難過頓生，話也接不下去。

戚少商因爲先前已深覺愧疚，現下知道劉獨峰傷懷，就沒有特殊的感觸，反而生起一種奇怪的對照：雲大等六人，加入劉獨峰門下，以先後定輩分，一如「四大名捕」投效諸葛先生門下一般。可是，「四大名捕」，名滿天下，威震八表，這六個人卻只是跟從，在武林中，既無鼎鼎之名，也無赫赫之功，可見人的命運與際遇，是何等的不同。

——息大娘如果不維護他，現在「毀諾城」想必固若金湯。

——雷捲若不支持他，江南雷家便不會兵敗人亡。

——連雲寨兄弟不跟著他，也許便不會有這場浩劫！

「到了！」

這一聲語音，把戚少商喚回了現實。

掀開簾子，日正黃昏，幾棵蒼勁的松樹，掩映著一角的廟宇。

戚少商看看古舊的匾牌，上面寫著幾乎被塵網遮沒不見的字：

「山神廟」。

◇◇◇

這廟宇已失修多年，廖六找了一處比較乾淨的青石板，找了兩個破墊子，一個替劉獨峰墊下，另一個要給戚少商，戚少商搖搖了手，謝道：「不必。」

俟廖六生起了火，要烘熱乾糧和葫蘆裡的酒之時，張五已靜悄悄的溜了回來。

他雖然像狸貓一般無聲無息的閃進了廟門，劉獨峰已然察覺：「怎樣？」

張五立即頓住，垂手道：「稟爺。他們知道我們在這廟裡歇腳，便在一里外的軍塚歇腳，我過去張了張，的確是那九位『無敵人物』。」

劉獨峰撫髯正欲說話，發現長髯收攏鉤到腮邊去了，嘴裡道：「這九人居然跟得上來，也算是個腳色。」

張五道：「爺，要不要我這就去打發打發。」

劉獨峰道：「急什麼？等小六子煮頓好吃的，你們兩人才一塊兒過去。」

張五道：「爺，打發他們，我一人就可以。」

劉獨峰望望天色，「天快要黑了，摸黑下手，事半功倍，而且也好叫他們認不著點子。」

張五轉首向廖六嚷道：「小六子，還不快些把食糧弄好，咱們要去鬧樂子哩。」

廖六逕自把乾肉往火上烤，撒了一些調味料兒，笑道：「快了，快了。咱們打發掉那幾位無敵的大爺們，這些草上的火頭還未熄呢！」

劉獨峰向戚少商笑道：「你看，我這幾位伴在身邊的人，還倒像小子們鬧著玩哩。」

戚少商又想起他那一群大塊吃肉、大碗喝酒、一塊嬉鬧、癲在一團的兄弟們，不覺心裡一陣黯然。

六二　不是人叫得出來的叫聲

乾糧——恐怕是江湖人最怕吃但最慣吃的食物。

人在旅途上，不是哪裡都有食肆、酒樓以供療飢的，為了不餓在荒山僻壤，帶著乾糧上路是必須的。

不過絕少有人像他們手上的乾糧那麼美味——經過廖六的泡製，這些乾糧比大魚大肉還叫人垂涎。

戚少商忍不住讚道：「六哥的手藝真是一絕。看來『廚王』尤知味真要讓賢了。」口裡剛提到尤知味，心裡就念及息大娘，一時再也說不出話來。

他在心裡狂喊，叫自己不要去想，不要去想她……他現在自身難保，命在旦夕，一生全無希望，再要想息大娘和從前的老兄弟，除了倍加傷心，肯定無濟於事。

廖六謙了幾句，和張五掃出一塊乾淨之地，用草蓆墊底，再以緞絨覆蓋其上，置妥小枕、暖毯、撥好火蕊，這才向劉獨峰請命：「爺，屬下跟老五去把那干煩人的傢伙撵走。」

劉獨峰盤膝而坐，眼觀鼻，鼻觀心，手捏字訣，正在默練玄功，「去吧。可是別殺傷人。」

張五道：「是。」兩人並未走開。

過得半晌，劉獨峰奇道：「去啊。」

廖六道：「是，爺。」仍不離開。

劉獨峰睜眼，「嗯？」

廖六眼珠子往戚少商坐落處轉了轉：「爺要自己保重。」

劉獨峰莞爾一笑：「不礙事的。戚寨主不會趁此開溜的。」

戚少商心裡明白，插口道：「我就算想溜，在劉大人的法網下，也逃不了。」

廖六道：「這樣，咱們去了。」

劉獨峰揮手道：「去罷。」心裡卻有些納罕：怎麼這兩名跟隨自己多年的部屬，今晚卻如此婆婆媽媽起來？

張五、廖六常抬著劉獨峰追捕犯人，翻山越嶺，而且還不讓轎裡的劉獨峰受震動，輕功自然極高，再加上他們藉夜色施五遁隱身法，更加是神不知、鬼不覺。

他們分頭而去，不久後又在一株被雷劈了一半的盤根古樹下會合。廖六吐吐舌頭說：「那叫洪放的，耳力不錯，我還險些兒教他發現了呢。」

張五道：「他們是分成三批，以東、南、北三個方向，各距一里，離山神廟也有一里之遙，各有三個人，照這情形，一旦有啥風吹草動，他們必有一套自己的聯絡暗號。」

張五想了想，道：「這陣勢擺明了是三面包圍，網開一面，那向北之處是易水南流之祕魔崖，誰也渡不過去。」

廖六道：「他們一批三人，分作三批，是跟咱們耗上了。」

張五道：「他們力量分散，咱哥兒倆正好逐個擊破。」

廖六微笑道：「不是擊破，是嚇破。」

張五笑了起來：「難道你想……」

廖六笑了笑，道：「這不也是挺好玩的嗎？」

火，並不是燒得很旺盛。

這三名衛士，正是吃著乾糧，他們不敢太喧鬧，也不敢把火撥得太盛，便是因爲不想驚動一里之外山神廟裡的人。

這三名衛士自然怨載連天。

這三人從圍著火堆開始，就一直怨個不休：

「將軍也真沒來由的，偏要咱們跟著這姓劉的，受寒捱餓的，全沒道理！」

「誰教咱們是下人呢！將軍叫咱們向東，咱們還敢往西走不成！」

「將軍把我們師兄弟九人都遣了出來，萬一有人暗算他，豈不危險！」

「這小地方有誰敢太歲頭上叮虱子？如今不似當年，咱跟將軍一起剿撫亂匪，那時可真是步步驚心。」

「現在將軍可高俸厚祿，太平安定了，咱們呢？可還不是在這裡餐風飲露的！」

「看來將軍還是只寵信洪老大一人，咱們在他眼裡，算不上什麼東西！」

「算了，就少一句罷。」其中一個年紀較大的漢子道：「洪放比我們狠，功夫比我們強，最近這兩天，他又似轉了性子似的，臉上全長出瘡痘來，不知是不是染了那股子尋香院的毒？脾氣可戾得很，這下子跟他拗上，可化不來，都少說幾句罷。」

「不說便不說。」最多牢騷的高個子起身伸了伸懶腰，「咱去解小溲。」

「余大民特別多屎尿，」那個闊口扁鼻的小個子說，「你呀，你就是大溲小溲的過了大輩子！」

兩人都調笑了起來。那余大民不去管他們，逕自走進人高的草叢裡，解開袴子，正要解手，忽然覺得草叢裡有樣什麼東西，蠕動了一下。

——敢情是蛇罷！

余大民忽生一念：要真的是蛇，抓起來剝了燒烤，倒也鮮味。

想到這裡，食指大動，正俯身看準才出手，忽覺背後的火光暗了暗，有一個似哭泣，又似嗚咽的聲音，鑽入了耳朵裡。

這聲音似有若無，聽來教人怪不舒服的，余大民還沒弄清楚是怎麼回事，腳下一絆，差點摔了一跤，定眼看去，只見一具寬袍屍首，竟是沒有頭顱的！

余大民也不是膽小的人，刀口舐血殺人的事，他決非沒有幹過，但在荒山裡這麼一具屍首直逼眼前，也難免心底裡一寒，暗下默念：有怪莫怪，我這下不是故意踩上去的，孤魂野鬼萬勿見怪……

但那泣訴之聲又隱隱傳來。

余大民這一下可聽得清楚了，毛骨悚然。

聲音來自背後。

余大民刷地抽出一對六合鉤，掣在手中，才敢霍然回首。

後面沒有人。

連鬼影都沒一個。

聲音依然響著，哀淒無比。

聲音自腳下傳來。

余大民悚然垂目，看見了一件事物：

人頭！

◇◇◇

人頭是被砍下來的。

血濺得一臉都是。

更可怕的是，那被砍下來的人頭正在啓唇說話：「還……我……命……來……」

余大民怪叫一聲，拔足想逃，但雙腳怎樣都跨不出去。

他懼然警覺，地上正冒出一雙手，抓住了他的雙踝。

血手！

他以爲是鬼拉腳踝，只覺頭皮發炸，心跳如雷，跑又跑不掉，一時之間，只能再發出一聲撕心裂肺的尖叫，後腦忽給敲了一下，暈死過去。

◇◇◇

余大民發出第一聲驚呼的時候，圍在篝火邊兩條大漢都覺得好笑。

「敢情老余踩上殭屍了，」小個子笑說。

「沒法啦，一個人上茅坑裡的時候……」年紀較大的漢子說到這裡，突然聽到余大民的第二聲慘叫，他也陡然住口，抽出單刀，霍然而起，道：「好像不大對路。」

小個子仍不怎麼警覺：「怎麼？」

老漢道：「余大民不是個沒事亂呼一遍的人。」

小個子也抄起熟銅棍，道：「去看看。」

兩人掠入草叢裡，驀見一處草叢幾下起伏，小個子林閣和老漢陳素，招呼一下，一左一右，包抄了過去。

林閣掠到一處，見草叢略略移動，叱道：「呔！還不滾出來！」舉棍要砸，忽然，一人長身而起，只見一披頭散髮、五官淌血、臉容崩裂、獠牙垂舌的殭屍，面對面地跟他貼身照個正著！

一下子，兩邊都沒了聲息。

陡地，林閣發出一聲大叫，轉身就逃，這幾人當中，本就要算他的膽子最小。又因曾殺過幾人，午夜夢迴，已常常嚇出一身冷汗，這下真的見著了鬼，可三魂嚇去了七魄，撒腳就跑。

他不溜還好，這一轉身，剛好跟另一張血臉幾乎碰個正著。這張血臉已血肉模糊，嘴巴裂到耳下，眼角裂到鬢邊，額間一道裂紋，斜裂至顎下，一張臉已不算是臉，四分五裂，只差沒鬆散脫落下來。

這張臉比鬼還可怕。

一種腐屍般的臭味，直衝入林閣的鼻端。

林閣舉棍要打，突然間，手腕一麻，那根棍子，竟「飛」了出去。真的脫手「飛」去，不知飛到哪裡去。

那兩隻殭屍，一前一後，把他夾個水洩不通，林閣又懼又怕，大叫一聲：「鬼呀——」只覺有人往他腦門一拍，便暈了過去。

◇◇◇

林閣見鬼的時候，陳素掠到草叢顫動之處，見到了臥在地上，口吐白沫，全身痙攣的余大民。

陳素扶起了他，用兩隻手指在他額上大力摩擦著，余大民醒了一半，來來回回只一句：「鬼……有鬼……」

陳素聽得心頭一寒，他江湖跑得多，大大小小鬼魅傳說，他耳裡眼裡，都聽過看過，邪門事也撞上過幾樁。余大民一向不信邪，今回兒要不是真的碰上些什麼，決不會嚇得個半死不活。余大民這麼一說，他倒覺得附近妖霧重影，鬼氣森森。

正在這時，便傳來林閣那一聲：「鬼呀——」便沒了聲息。

才醒了一半的佘大民，乍聽之下，陡然振起，推開陳素，沒命似的飛奔而逃，一面惶然叫道：「鬼——鬼！饒了我，饒了我……」

陳素再無置疑，眼前情勢不妙，人總鬥不過鬼，單刀霍霍舞幾道刀法，口中念念有詞，儘是鄉間辟邪驅鬼的咒語，一面念著，一面腳底加油，緊跟佘大民之後，落荒而逃。至於剩下的另一伙伴，那是再也顧不得了。

◇◇◇

這可把張五和廖六笑得直打跌。

那些「鬼」，當然就是他們兩人的把戲。

張五和廖六，正道武功雖不如何，但這些兒嚇人、唬人的玩意，可懂得不少。兩人穿上足可令人觸目驚心的服飾，臉上塗得鮮血斑斑，一個把頭埋在土裡，只留身子在外；一個把身子埋在泥裡，把頭擱在土外。兩人這一搭配，變成無頭屍首會說話，直要把余大民嚇得魂飛魄散，更不消說本來膽小如鼠的林閣了。

兩人這一場把戲成功，比打了一場勝仗還高興，扣著胳臂歡笑幾個圈，張五道：「看他們嚇破了膽子，還敢不滾回老家去！」

廖六忍笑道：「還有兩批人馬，咱們還得演上兩場戲。」

張五道：「這又有何難。不如一人演一場，你去嚇東面那批崽子，我去嚇北面的，比一比，看誰先得手，誰就是唬人大王！」

廖六微沉吟道：「這，不好罷……」

張五一向好勝：「這又有啥不好！萬一給他們瞧破了，格鬥起來，難道咱還會輸給這干號稱無敵的軟糰頭不成？」

廖六好整以暇的說：「我攻東面，有那洪放在，他是硬點子，自然是你比較容易得手。」

張五一聽，當然憋不住氣，便拍胸膛說：「這樣好了，你去北面，我負責東面，姓洪的那弁官，也不是什麼東西，且看我三兩下手腳把他料理。」

廖六連忙說道：「嚇不著人，不到必要，可也不許傷人哦！你沒聽爺吩咐下來嗎！」

張五沒好耐性地道：「早聽見了。敢包他嚇得尿滾屎流，夾尾就逃。這就幹了！」便往東面掠去。

廖六早已摸熟張五的性子，洪放看來有兩下硬把式，他正好省這趟功夫，而且，實際上張五的武功也比他高，不愁他會出事。廖六如此想著，便往北方縱去。

奔行了一段路，忽聽前面有急促對話聲，忙隱伏到亂石後，再伸出頭來細聆。這一聽之下，幾要失笑。

原來那個余大民，跑到北面的三個師兄弟面前，氣急敗壞但又繪影圖聲的敘述剛才遇鬼的事。火光映在三名大漢的臉上，忽明忽暗，臉上僵著半個不自然的笑容，看來心裡頭倒是信了泰半。

廖六一看，知道大局已定：真是天助我也！余大民這下說得煞有其事，已在三人心裡打了底，只要再嚇一嚇，準能成事。看來，那年紀較大的漢子則可能跑去東面報警，自己要勝過張五，倒要快些動手才是。

這邊余大民還怕三人不信，一面說，一面還打著顫，道：「我發誓，那真的是被砍下來的人頭，血流了一地，但他……他還會說話，這……」

其中一名猴臉漢子忍不住道：「余師兄，可惜你這下見著的是惡鬼，不是艷鬼啊！嘖嘖嘖。」

他這一句，把其他兩個在詭異氣氛中的人，都逗得爆笑了起來。

余大民登時拉長了臉，沉聲道：「倪卜，你這是什麼意思？」

那叫倪卜的漢子忙道：「余師兄，不是我不信你，而是你剛才說的，實在太……對不起，我只是開了一句玩笑，你別當真。」

另一名鼠耳漢子也道：「這年頭也不平靖。前幾天，亂葬崗上枉死了幾個人，有人親眼看到，是一隻赤足披髮的女妖，眼睛裡兩個血洞，飄在空中，只叫：『還我命來，還我命來……』。」鼠耳漢子正要往下說，忽見對面三人都變了臉色。

他已經沒有再叫下去，但：「還……我……命……來……」的淒呼仍若斷若續，縈迴在夜風中。

四人的手，一齊按住了兵器。

除了余大民一直緊執手中僅剩的一柄六合鉤外，其他三人，都摸了個空。

有的人的兵器，是繫在背上；有的人是掛在腰畔；還有一個，槍在馬背上。

但這三件兵器，全摸了個空。

地上生的火頭，忽然暗了下來，變成青綠色的一抹火焰，映照得這四人好不可怖。

那似男若女的詭異聲音，依然飄飄蕩蕩：「我……死……得……好……慘……啊……還……我……命……來……」

那叫倪卜的突嚷了一聲：「若蘭山莊！」四人都大叫而起，同時想起了一件他們曾經做過的喪心病狂之事，他們曾在行軍時借剿匪之名進入一家「若蘭山莊」，幹出了不爲人所知的獸行。這師兄弟九人，雖然幹下了這宗淫辱殺人勾當，但心中不免暗懼，而今聽到索命的聲音，自然都想到自己做過的虧心事，越發心寒。

這時，只見一條白影在空中冉冉飄起。

四人中，倪卜和余大民早無鬥志，另外兩人，一個還不十分相信世上真的是有鬼，一個覺得不妨一拚，正在此時，倏地——

一聲驚心動魄、恐懼已極的慘嚎，自遠方裂空刺耳的傳了過來。

要不是遇上極端詭異，恐怖的事，任誰都發不出這種叫聲。

他們分辨得出那是二師兄朱魂的聲音。

朱魂外號「失魂」，這個人，只會把敵人殺得失心喪魂，一生人可以說是從來不知懼怕爲何物。

連他都發出這樣的慘嚎，情況可想而知。

朱魂一向是個連死都不哼一聲的人。

這一聲慘叫把四人的鬥志摧毀。

四人齊齊發出一聲怪叫，落荒而逃。

◇◇◇

廖六是成功地嚇跑了這四個人。

可是他還未感到高興，而是先感到奇怪。

——他詫異張五怎會有本領教這些總算見過世面的江湖人，會嚇到發出這種不是人能叫出來的叫聲！

六三　臨死前，照鏡子

廖六決定要過去東面看個究竟。

◇◇◇

四周都是寂靜的，流動著一股淡漠的煙氣，月色朦朧，有一股說不出的詭祕。月色一忽兒明，一忽兒暗，明的時候似沒有限度的膨脹著，暗的時候像突然間被林間、草叢裡什麼野獸吞噬了一般。

這種幽異的氣氛令廖六有一種奇特的感覺。那感覺就好像他從前聽過的一個故事：一群人摸黑上山去挖掘山頂那兩顆閃閃發亮的寶石，山下的人遠遠望去，那些上山的火光，到了靠近寶石的地方，忽然間一陣狂風大作，就熄滅了，那些人再也沒有回來。但人爲財死，鳥爲食亡，還是有很多人都爲了寶石，帶良弓，備良箭，驅良犬，騎良馬，上山掘寶，但結果仍是一般，沒有下落。

後來村民發現那座山居然會移動，這才知道：那座山不是山。而是一條盤伏已久，幾已化石的千年巨蟒。

那兩顆五彩斑斕的寶石，自然就是蛇的雙目。

尋寶者要採「寶石」，自然要經過巨蟒的大口，等於送入蟒口，這血盆大口在一張一合間，便把尋寶石的人全吞食掉了。

廖六現在正有這種感覺。

他覺得自己正站在「蛇口」上。

危機似是一觸即發，可是他又不知道危機在哪裡。

他用手拍了拍綁在腰間的一個國字織錦鏢囊，四處探了探，撮唇捲舌發出三長一短又一短三長的蛙鳴。

這原是他與張五的聯絡訊號。

沒有回應。

廖六等了半晌，心下納悶，忽然鼻端飄過一絲淡淡的煙味。

廖六從這似有若無的煙氣裡，立時分辨出方向，往亂草叢中掩去。

越過了一大片荒草地，從草縫裡看出去，可以見到一大片亂石之地，怪石嶙峋，大小不一，再過去便是河澗，水流潺潺，在黑夜裡像喃喃的念著符咒，除了偶然撞擊在河岩上翻出巨浪，其餘都像一匹灰色的長布，伏在夜的深處，誰也瞧不清楚它的真面目。

河邊有一堆餘燼殘木，火光剛剛熄滅、餘煙仍裊繞。

廖六心忖：老五好快，居然已把那三個惡煞逐走了？

他瞧了一眼，正想又發出蛙鳴暗號，聯絡張五，突然，他眼角瞥見一件事物：一對腳，自一塊大石後平伸出來。

有人倒在石後。

廖六一伏身，已貼地閃到石旁。

他沒有立時轉入石後，他雖然能判斷對方是仰倒在地上，但仍提防對方是不是誘他入彀。

他可以肯定那不是張五的腳。

張五穿的不是這種編織草履。

廖六在石旁等了一陣，那雙腳依然動也不動。

廖六突然伸手一彈，一顆小石子，已擊在那對腳的腳背上。

同時間，廖六一閃身，已自伸腳處的另一端轉了進去。

他的目的是要對方發覺腳部遇襲的刹那間，他已自另一端逼近，而取得制敵先機。

那雙腳「拍」地被石子彈了一下，卻並無動靜。

廖六搶進石後，本來旨在聲東擊西，但月下的情景卻令他當堂驚住！

——只有腳。

——沒有頭。

這一對腳只到了腰身，便被人攔腰斬斷，斷口處血肉模糊，令人不忍卒睹。

廖六大吃一驚，退了一步，第一個意念就是：老五怎能下此毒手！

他這一退，驀地發覺頭上似乎被某件事物，遮去了月華的光影。

他單掌護頂，身子斜裡一錯，抬目一看：幾乎和一個人打了個正照面！

那人俯臉垂手，廖六驚覺時已離得極近，但因背著月光，樣子看不清楚，廖六閃開再看，才發覺那人雙目凸露，五官溢血，早已氣絕多時。

廖六心下狐疑：究竟這兒發生過什麼事情!?這時，他也認出這人是「九大護衛」裡的其中一人，被人攔腰砍爲二截，身首異處，下身落在地上，僅露出二足於石旁，而上身就擱在石上，血液猶汨汨淌下，由於石塊高巨，在昏暗月色下，廖六一時沒有留神，不意石上還有半截屍首。

廖六退了兩步，足下突然踏到一物。

江邊的石子全是硬綳綳的，而今他腳下突然觸及一件軟綿綿的事物。

廖六反應何等之快，腳未踩實，立即一彈而起，人在半空，拔刃出手，只見地上是一個人，伏在那兒，也不知是生是死。

廖六左足足尖方才沾地，右足已疾地一挑，把地上那人挑得一個大翻身，變成仰朝向天！

浮雲掩映，光暗間照了一照，地上有一件事物也寒了一寒。

廖六眼光一瞥，立即認得出來，這是剛才被自己和張五聯手嚇跑的三名「護衛」中裡那名老漢。

現在老漢陳素就躺在地上。

單刀已脫手。

刀口有血跡。

他的頸項也只剩下一道薄皮連著。

這老漢趕來通風報訊，卻死在這兒，難道老五爲了爭功，竟下了這般辣手，忘了爺的吩咐麼!?廖六心下狐疑，忽見遠處又趴了兩個人。一個半身浸在溪澗，一個伏倒在澗邊草旁。

廖六一見，心口像被擂了一記。

半身浸在溪中的人，廖六認得，那便是「九大護衛」之首洪放。

另外一人，在月色昏冥中，從衣飾身形中隱約可以分辨：張五！

——莫不是張五和這干人拚得個兩敗俱亡!?

廖六心下一急，急掠過去，叫了一聲：「老五！」

張五唉了一聲，身子略略掀動了一下。

廖六連忙俯身，扶起了他。

廖六在彎腰攙扶之際，仍有戒備，若有任何不測之變，他至少有七種應變之法，六記殺手，三種閃躲之法，防備來自身後左右的攻襲，但近裡一看，發現果是張五。

只見張五血流披臉，奄奄一息，廖六情急之下，防範便疏，就在這時，張五雙眼一翻。

張五睜開了眼睛。

廖六突然覺得異樣。

——那感覺就像是：懷裡的人是張五，但那一對眼睛，卻肯定不是張五！

他警覺的同時，「張五」雙肘一縮。

這一縮十分奇特，就像雙手突然自手肘倒縮回骨裡去，但在肩膊上突生了出來。

這變化十分之快，廖六一旦發現情形不對，那一雙「怪手」，各執一柄鐵叉，已刺到他雙肩上！

廖六原本想立即放手，但已無及，急中生智，雙手原本抱住張五，陡然變招，五指揮彈，扣拿他身上七道要穴！

——就算對方用雙叉廢了他的一雙手，他也要對方全身爲他所制！

他這一招果然要得，「張五」雙叉驟止，也不知怎的，雙肘一攏，竟挾住他的雙臂，但一對鐵叉，也一時插不下去。

這一下子僵持，廖六突然一腳跺地！

他這一腳踏地，砰地一聲，「張五」雙腳似被什麼大力震起一般，一時躍了半尺。

人一離地，難以藉力，功力便衰。

廖六一個大旋身，把「張五」摔了出去！

他務求先脫身，看定局勢，再定進退！

可惜就在他旋身的刹那，兩柄鉤子已到了他的胸際。

廖六手上還與「張五」糾纏著，人也正好在全力旋轉，這一對亮晃晃的利鉤，他是避無可避，躲無可躲！

這刹那，右鉤子先刺入他的左脅，左鉤子掛入他的右腰，廖六這一下子猛旋，登時自腰至脅，從左而右，被撕裂了兩道口子，皮開肉綻，鮮血直冒，腸流胃破。

廖六大叫一聲，發力把「張五」摔了出去，一手拔出一個布包，一腳把從後襲擊的人踢退三步。

突襲的人是洪放。

洪放沒有死。

他覷準時機，一擊得手。

他的雙鉤留在廖六體內，一時抽不出來，廖六突然出腳，他只有棄械急退。

廖六已然打開了布包。

一面長柄古鏡。

鏡子！

一個身受重傷的人，臨危之際卻抽出了面鏡子，究竟是什麼意思？

廟裡。

火光漸漸暗了下去，只維持一點點的暖意。因爲沒有人添加柴火，原先的柴薪已漸漸燒完了。

戚少商闔起眼睛，想好好的運氣調息，但眼前本來還有暈黃的微光，隨著光芒的黯落，在黑暗裡，出現的身影也就愈來愈多。

勞穴光、阮明正、勾青峰……一位位結義兄弟的濺血，一個個連雲寨弟子的哀號……最後息大娘哀怨的目光。

「少商。」

她伸出手來，柔弱無依。

殺伐聲起，影影綽綽裡也不知有多少敵人。

在黑影裡，似乎有一個強大無匹的力量，把她捲了進去，拖了進去……

息紅淚的手如臨風無憑的一朵白花。

眼神楚楚……

「少商。」

仍是那牽腸掛肚，朝思暮想的一聲無奈的呼喚。

就在這時，那一聲不像是人可以呼叫出來的悽嘶，透過重重黑幕，刺入戚少商耳裡。

戚少商雙目一睜。

他立即看到昏暗裡一對厲目。

那雙目光閃著晶綠的神采。

那是劉獨峰的眼睛。

劉獨峰的眼神比劍還厲。

在他睜目的同時，劉獨峰已睜開了雙眼。

「你不靜心打坐，內外傷便不易復元。」劉獨峰的眼睛像透視了他的內心。

戚少商慚然。「我……」

「我明白，」劉獨峰道。

「那聲慘呼……？」戚少商問。

劉獨峰皺了皺眉頭，「也許是小五小六太淘皮了，聲音不是他們兩人發出來的。」劉獨峰語氣裡也有些不安。這時火頭已熄了，只剩些金紅的殘燼，隨著野外的松風激揚星散。「你應該要斂定心神。一個學武的人必須要先能定靜，然後才能有修爲，這跟學道的人一樣，先靜後定，才生大智慧。」劉獨峰雙目熠熠有神，望著他道：「你甚有天分，招式極具創意，變化繁複，很有『通悟』的境界，只在內力修爲上不足，定力也差了一些。」

戚少商道：「所以我不是你的對手。」

劉獨峰道：「但日後焉知我是否敵得過你。」

戚少商雙眉一展，隨後沮然道：「我這身傷，恐怕要恢復當年功力，也斷無可能了。」

劉獨峰道：「你別忘了，無情天生不能聚力習武，還雙腿殘廢呢！」

戚少商長嘆道：「其實，這身體的傷，戚某倒不怎麼放在心上，只是心上的傷，再也難以癒合。」

劉獨峰微微一笑道：「你現在覺得很難受是嗎？」

戚少商點點頭。

劉獨峰兩道銳利的目光觀察似的逡巡了戚少商臉上幾遍，「以前沒有歷過這等苦，是嗎？」

戚少商道：「我原是簪纓世族，但為奸宦所害，自幼淪為草野，十三歲起浪蕩江湖，浪跡天涯，什麼苦楚不曾受過？只是，到了今天這種處境，眾叛親離，人殘志廢，前後無路，身在俎上，人生裡還有什麼比這更苦的？」

劉獨峰淡淡地道：「我也曾經過這種時分，也許沒有你的情形險惡，但是，要想度過人生最不易度過的時候，最好的方法，就是當它已經度過了，現在只是一場回憶：愈艱苦的事情，只要度過了，就愈值得記住。只要當它是記憶，已經過去了，就不過得那麼艱苦了。」

戚少商望定劉獨峰，笑了，笑得很傲慢，也很瀟洒：「我明白你的意思。」

「我試試。」他說。

劉獨峰和戚少商都闔起了雙目。

正在此際，廖六那一聲撕肝裂肺的慘呼，再度刺入了戚少商的耳中。

戚少商陡地睜目。

黑暗中那雙綠眼已經隱滅。

劉獨峰呢？

難道劉獨峰已在這一剎間不在廟裡了!?

六四　你是誰？我是誰？

慘叫甫起，劉獨峰已掠出廟宇。

洪放一眼望見廖六掏出了鏡子，即猱身搶進，一聲叫道：「別讓他照鏡！」

他手上已多了一條鍊鏢，伸手一挽一放，颼地向廖六射了一鏢。

廖六已經傷重，無法閃躲。

他只把鏡子向著洪放一映。

眼看那一記鏢就要命中，突然間，洪放發現有一個人，向他射了一鏢。

洪放應變奇急，沖天而起，躲過一鏢。

就在這時，他發現又有一人，激沖而起，再向他射了一鏢，而那個人就是他自己！

洪放急忙一個千斤墜，往地上一伏，就地翻滾，扳身挺起，正以爲躲過了這一鏢，但見一人滾地而至，由下而上，向他脅下甩出一記鍊鏢！

洪放一口氣躲過二鏢，第三鏢又到，他心念電轉，但身手決不稍緩，一連八個半旋轉，不但避過鍊鏢，身形卻反迫了過去！

可是那鍊鏢「颼」地回轉，直釘洪放的背心。

洪放心下已有定奪，手上鍊鏢一圈一套，已勒住廖六頸項，「哈」地一聲，獰笑道：「那只是鏡子裡的幻像，我才不信——」話未說完，急風襲背而至！

洪放這下可謂驚得魂散神飛，顧不得用力勒殺廖六，急一側身，「叭」地一聲，鍊鏢射入洪放左背臂骨之中。

洪放痛得死去活來，廖六再把鏡子一揚，只見鏡裡掠過一條人影，又向洪放射了一鏢！

洪放痛得魂散不全，哪有餘力閃躲？

卻在此時，廖六身子一僵，扒仆在地上，他背上插了兩支鐵叉。

「張五」正在他的身後。

鏡子已到了「張五」的手上。

只見這「張五」眼睛發出異光，緊握著手上的鏡子，喃喃地道：「軒轅昊天鏡！正是軒轅昊天鏡！果是神物！」

突聽一聲悲號：「老六！」

洪放急呼道：「小心！」

一條人影，挾著勁風，急撲向假「張五」。

假「張五」百忙中一個大仰身，鯉魚打挺，野鶴投林，轉而黃鶯掠柳，急上而落，以細胸巧翻雲急攫來人！

假「張五」在刹那間反守爲攻，並把鏡子插入腰間，一連變了四種身法，把來人逼入絕地，他手上一掣，陰陽三才奪鎖扣而出！

陰陽三才奪布滿鋼刺，上下如鉤，鎖套敵手兵刃，易如反掌，鋼錐餵毒，末端鴨嘴形尖矛，鋒背微凹，見血透風，血擋亦可傷人，是極歹毒的武器！

但來人突然拔出一件兵器。

這兵器令假「張五」意想不到。

那竟然是一支筆。

一支筆，居然要硬碰他足令江湖聞風色變的「陰陽三才奪」！

「陰陽三才奪」是他師父傳授給他的獨門兵器。三才奪總共有兩根，他拿的是陽奪，通體閃著令人不寒而悚的慘白光芒。

這一種武器，總共有九招，他只學會一招。

那一招叫做「指天劃地」。

但就憑這一招，已經成了他的外號。

他這柄「三才奪」鎖下過十二顆人頭，七條胳臂，四條腿子，還有兩個人是被攔腰鎖斷的。

這廿五個人如果不是毀在他手裡，武林中，江湖上起碼有一千名黑道厲害人物要藏匿一輩子，不敢冒出頭來。

所以假「張五」對自己的武器十分有信心。

他也知道敵手是誰。

那是真的張五。

張五一點也沒有猶疑。

他那一支細筆，立時被絞入三才奪裡。

假「張五」連第一招都尚未使出來，筆奪已鎖在一道。

結果完全令洪放和假「張五」震愕。

「陰陽三才奪」就像變成了樹枝，張五手中那支小筆，就像利刀，一記記的削了下去。

才不過一下子，三才奪被削成了一根禿棒。

筆尖已轉入中鋒，那是張五「春秋筆」筆法裡最淩厲的殺著，每一筆都帶著虎虎狂風，猶如戰陣殺伐！

假張五怪叫一聲，百忙中抽出昊天鏡一架，這照映之下，春秋筆的殺勢反向張五反攻而至！

張五跟廖六是同門，感情也最融洽。

他當然知道「軒轅昊天鏡」最大的威力是在：利用虛幻的景象，把對方的攻勢，反擊對方，當對方以爲只是水月鏡花，不過幻像之時，它就會變成實實在在的殺著；如果對方防備招架時，卻不過是幻影假象而已。

對方攻勢愈凌厲，反擊也更強烈。

張五筆意一緩，竟凌空畫起花鳥山水來。

攻勢頓滅。

假張五手持昊天鏡，物應心通，一時間竟難以節制，意興澹淡，防範頓疏，洪放見情形不妙，叱道：「五師兄，你幹什麼!?」

張五突然做出一個動作。

他把筆往咽喉一遞。

假「張五」在迷惘間，也把鏡沿往喉嚨一送。

這支橫掃千軍的筆，攻不了人，就反攻自己。

當筆攻向鏡子，鏡子反照了它的攻勢，而令筆反過來攻伐自己，鏡子頓失去了作用，人反而成了鏡子。

張五的筆，到了喉嚨，突然軟了，就像一根普通的筆一樣，筆尖在他的咽喉，只是輕輕點了一點，捺上一抹淡淡的墨痕，如此而已，春秋筆可剛可柔，隨心所欲。

可是假「張五」卻不知道如何控制「昊天鏡」的用法，這一個殺著到了假「張五」手上，變成了一個危機。

「軒轅昊天鏡」邊沿頂端有一枚尖簇！

假「張五」這回手一戳，無異是自取滅亡。

洪放乍見情形，顧不得背上疼痛，伸手一揚，三枚鐵蒺藜呼嘯而出！

一枚射向鏡子的尖簇上！

一枚射向鏡子的彎柄上！

一枚直取張五的眉心！

◇◇◇

張五已經豁出了性命。

他看見雲大、李二、藍三、周四一個個先他而逝，又眼見廖六慘死。

他決意要殺眼前的兩人為廖六報仇，奪回昊天鏡。

當他一見「陰陽三才奪」的時候，已經知道來人是誰了：

「指天劃地」狐震碑。

「鐵蒺藜」。

這是九幽神君的兩大弟子。

狐震碑化裝成自己，「鐵蒺藜」扮成洪放，抑或洪放根本就是「鐵蒺藜」，合力暗殺廖六。

他明知自己決非狐震碑和「鐵蒺藜」聯手之敵，但悲憤之情已掩蓋了一切，他決定要以手中劉捕神的獨門法寶，來與這兩個惡魔一拚。

他伸手一按，「嘯」的一聲，一團墨汁，恰好迎射在飛彈而來的鐵蒺藜上。「波」的一響，墨汁結成的硬塊，與鐵蒺藜一撞之下，碎成無數十片，但鐵蒺藜的方向，也被打歪，不知落到哪裡去了。

同一時間，「假張五」狐震碑手上的「軒轅昊天鏡」被一枚鐵蒺藜震得一歪，尖稜便刺不中咽喉，只鏡沿在頸上抹了一道瘀痕。

而另一枚鐵蒺藜，卻射在狐震碑手腕上。狐震碑手腕一抖，昊天鏡落了下來。「鐵蒺藜」的鐵蒺藜是淬有劇毒，通體尖刺的，但這一枚飛激在狐震碑的手上，竟只震落昊天鏡而不劃破皮膚，可見鐵蒺藜在匆急中的施放暗器手法輕重拿揑，仍毫釐不失！

昊天鏡一落，狐震碑如大夢初醒，不意自己的師弟鐵蒺藜會暗算他，怒吆一聲：「你幹什……」但卻省起剛才危機，一時變了臉色。

張五手上的春秋筆一揚，人往昊天鏡掠去！

——這件寶物，決不能落到敵人手上！

「鐵蒺藜」卻是志在必得。

他一揚手間，兩枚鐵蒺藜分上下射至。

張五竄身一伏，伸手一抄，兩枚鐵蒺藜已然射到！

他要接住昊天鏡，便得給那鐵蒺藜射中！

他如果退身躲避，昊天鏡便必定落在敵人手中！

——昊天鏡落在敵人手裡，他的春秋筆威力便必然受制，自是必死於敵人手中。

——如果強取昊天鏡，這兩枚鐵蒺藜，已不及閃躲。

橫死。

豎死。

張五決定置於死地而後生。

他要搏一搏。

他身法不變，陡然加快。

鏡已接在手中。

鐵蒺藜已在眼前、胸前！

他把鏡子一反，照出了一上一下的兩枚鐵蒺藜！

這當口兒，兩枚鐵蒺藜已經十分逼近，昊天鏡照見它們的時候，兩枚鐵蒺藜，幾乎都要在刹那間打入張五的身上！

可是昊天鏡已經及時映照了這兩枚鐵蒺藜！

由於張五抄鏡急照，角度上已無法顧及，這一照，只把上射額頂的一枚鐵蒺藜，照見大半，下射胸膛的那枚，照見小半。

不過昊天鏡的奇特力量，已然發揮。

兩枚鐵蒺藜，上面一枚，立即反射！

下面一枚，欲發不能，退力亦不足，在半空微微一頓，「波」的一聲，炸成碎片！

「鐵蒺藜」射出兩枚絕門暗器，以爲垂手必得，不管張五或避或死，他卻要先一步拾得昊天鏡。

不料人才竄至，鐵蒺藜倒射回來！

「鐵蒺藜」人往前竄，等於向鐵蒺藜撞了過去！

一迎一射，何等迅疾！

「鐵蒺藜」確有過人之能，嘯嘯二聲，兩枚鐵蒺藜又自雙手激射而出！

第一枚鐵蒺藜抵消了反射那枚鐵蒺藜的勁力，第二枚鐵蒺藜把那兩枚在空中消勁的鐵蒺藜震飛出去。

「鐵蒺藜」掠勢不減。

張五抓住昊天鏡柄子的同時，「鐵蒺藜」也伸手抓住鏡沿。

張五手腕一掣，把鏡子一捺。

鏡沿有尖稜。

「鐵蒺藜」只好縮手！

就在這時，張五察覺背後急風陡至！

他一回身，一枚鐵蒺藜已到了他的鼻尖。

那枚鐵蒺藜竟是剛才張五用「春秋筆」裡的「墨汁」震飛的那一枚。

那枚鐵蒺藜竟沒有被震落。

它仍然飛旋著，換了另一個方位，無聲無息地射近張五。

待張五發現的時候，任何應變，都來不及把自己從鬼門關裡搶救回來。

這就是爲什麼「鐵蒺藜」在江湖上，憑著幾顆小小的鐵蒺藜，就可以吃盡三湘七澤、綠林十六分舵的紅贓之故。

「鐵蒺藜，見血封喉，一路趕到閻王殿。」

張五的命運，看來也只有閻羅王才可以處理。

◇◇◇

戚少商眼皮一張，發現劉獨峰已不在廟裡。

但他卻有一種詭異的感覺。

這廟裡不止是他一個人。

黑暗裡必定還有人。

什麼人？

就在這個時候，殘燼竟然重燃。

幾縷煙氣，筆直上升，那餘燼竟又成了火焰，火光雖旺，但廟裡的光影卻更暗。

因爲火的顏色是慘綠的。

幾縷煙氣搖盪不定，綠焰搖曳吞吐；戚少商彷彿聽到地底下的哀鳴慘嚎，腳鍊軋軋。

戚少商卻定了下來。

愈是遇險，愈要鎮靜。

恐慌無補於事。

真正歷劫度險的江湖人，都有這種定力。

綠焰愈來愈盛。

整座破廟都是慘綠色，連菩薩的寶相，密封的蛛網，都有了凹凸、玲瓏、詭異的深淺碧意。

火焰煙氣聚而忽散，成爲四柱，四柱直升，合成一體，漸漸形成一條平薄的綠片，好像一張薄紗，罩在綠焰三尺之上。

戚少商望定了變化莫測、幻異萬千的綠焰，只覺得一陣刺目，他緩緩閤上了雙目。

危機當前，他居然不看？

只聽一個聲音道：「你是戚少商？」

戚少商閉上了眼，可是比開眼的時候更敏銳清醒，但這一句問話，卻令他心神一震。

這聲音如同鬼嘯魅鳴，都不能令他驚怕，但這語音卻是來自他的喉裡。

剛才那句話，竟似他自己問的。

那語音完全跟他的聲音，一模一樣。

究竟是什麼力量，能使他自己問了自己這樣的一句話？

戚少商禁不住答了一句：「你是誰？」

那語音彷彿仍似來自他的喉底，也是問了一句：「你是誰？」

戚少商汗自額冒，嘶聲道：「你究竟是誰!?」

他的聲音依樣問了一句：「你究竟是誰!?」

戚少商喃喃地道：「戚少商，我是戚少商。」

那一個聲音突然分成兩種聲音，一是戚少商的語音：「我是戚少商我是戚少

商我是戚少商……」一個如嬰孩斷氣，病弱彌留時的語音道：「你是戚少商你是戚少商你是戚少商……」

戚少商斷喝一聲：「你是誰!?」震得喀喇喇廟頂一片塵沙簌簌落下來。

這一聲斷喝又造成回聲：「你是誰你是誰你是誰……」旋又分成兩個聲音：「你是誰」、「我是誰」，接著，又翕翕回應地分成了四個聲音：「你是誰」、「我是誰」、「你是誰我就是誰」、「我是戚少商」……反覆迴旋著，然後又分成八個、十六個不同的語音，交織、迴盪在戚少商腦裡耳中。

戚少商突然驟起長嘯。

嘯聲清越。

綠焰一幌。

破廟裡蝙蝠、昏鴉四飛而起。

廟宇驀然又靜了下來。

只剩下戚少商一人盤膝而坐，面對綠焰。

戚少商眉髮皆碧。

無聲。

靜。

六五　山神廟裡的風雷

鐵蒺藜已到了張五的眼前！

饒是一向機變百出的張五，也不及作出任何應變。

這是一枚奪命的暗器！

因爲這一下避無可避，非死不可，在這刹那間，張五的腦裡，因爲自份必死，反而沒有震愕，沒有恐懼，全副心神都在一個「死」志上！

（沒想到我就這樣死了！）

這是張五在這生死一髮間唯一想到的事！

他盯住疾飛而來的鐵蒺藜，居然連眼也不眨。

正在此時，突然，一片小物飛旋而至！

就在鐵蒺藜差一分就要釘入張五鼻樑之際，這片事物後發先至，從側激撞，「拍」的一聲，爆出了星花。

張五甚至感覺到自己鼻尖微微一癢。

那枚鐵蒺藜被這一撞，突然加快，往相反方向，迅若星火，疾飛而去！

而那片事物，餘力已盡，落到地上。

張五大叫一聲，仰身而倒。

狐震碑突然厲嘯一聲：「來了！」揚手打出一道火箭花旗，在夜空裡璀瑰爍目！

◇◇◇

戚少商的呼息已調勻。

他雙目發出冷湛的神光。

他盯著綠焰，一字一句地道：「九幽神君，虧你還是個武林前輩，在暗裡施展這裝神弄鬼的把式，這算什麼!?」

只聽一個幽幽細細的語音唧唧笑道：「好眼光，居然識得我老人家的『奪魂回音』。」

戚少商冷冷地道：「還有『勾魂鬼火』。」

那幽異的聲音忽又哼哼嘿嘿轉成了嬌嬌滴滴的女音：「靜無慮念、以制萬幻，戚寨主落到這個地步，還能有這樣的定力。」

戚少商微微一笑，道：「過獎。」

那語音轉爲陰惻惻，直似從地底裡傳來：「不過，定力是不夠用的，在江湖上，要講究實力，而你我之間，則要比功力。」

正在這時，廟外突然光了一光，亮了一亮。

戚少商瞥見夜空爆起一朵奇花，綻如雨樹，墜如流金，這劈面映得一映，已聽九幽神君笑道：「劉獨峰已去了搶救他心愛的部屬，他再快也不及回來救你了。」

這句話才說完，那一面被火焰托起的綠色薄紗，突然震起，攫了過來！

那薄紗看去只是火焰燃燒時所形成的一種幻覺而已，可是這「綠紗」竟然離開了火焰，活似一頭綠獸，罩向戚少商！

戚少商眉眼全碧。

「綠紗」已直蓋下來，一陣腥膻污穢的惡味，撲鼻而來。

戚少商突然拔劍。

他身上無劍，劍在何處？

原來劍就藏在他的斷臂袖子裡！

劍拔出時，「綠紗」已離頭頂不及半尺，青光乍現，迅逾電掣，把「綠紗」斬而爲二！

那「綠紗」一旦裂開，便發出一聲暗啞的慘呼，聽來令人不寒而悚！

「綠紗」一分爲二，竟一左一右、一上一下，平削向戚少商！

戚少商一生歷過不少險，跟不少高人交過手，但如今始終是一面「綠紗」追襲，可謂聞所未聞，遇所未遇！

戚少商腳步遊離倒錯，突然一翻，間不容髮的自兩片綠光之間穿過，青芒一閃，又把兩片「綠紗」，砍爲四爿！

戚少商手上的劍，正是「青龍劍」。

「青龍劍」在他第一次跟劉獨峰交手時已失去，劉獨峰知道九幽神君的弟子已經出現，便把「青龍劍」還給戚少商，以備應急之需。「青龍劍」是戚少商的愛劍，當日連雲寨叛徒人人都以爲戚少商已被炸死，獨顧惜朝見「青龍劍」不在現場，認爲戚少商定已逃逸。

那四塊「綠紗」，嗚嗚哀鳴，在半空遊散飄蕩，忽又四爿合一，苟接無間，天衣無縫，並乍然響起一陣桀桀怪笑，呼地向戚少商平削而至！

這片「綠紗」，竟然像活的一般！

戚少商一時也不知如何應付是好！

那片「薄紗」經已飛切而至！

戚少商一個旱地拔蔥，孤鶴橫空，全身拔起，「薄紗」削空，割入廟柱，喀喇喇一陣瓦落樑移，那偌大的一條柱子，竟給割爲兩截，使得這陳年失修的廟宇一陣幌搖！

「薄紗」卻似人一般，以後爲前，退撞而至！

戚少商對這毫無生命不怕傷害、但卻又似有生命能傷害人、倏忽在前忽焉在後的「事物」，束手無策，退跳丈遠，眼看「綠紗」飛襲而近！

戚少商突一讓身。

他背後原是火焰。

他一腳橫掃，往火爐掃去！

幾根兀自燃燒的柴薪，直撤向「綠紗」。

戚少商想以火滅紗。

那些火團撲到了綠紗身上，果然蔓延開來，幾處都著了火，可是經這一燒，變成了鑲滿朵朵綠焰的袖子，中間一陷，兩邊包抄，恰似一個罩袍人展袍左右一攏，要把戚少商用綠火袖子摟實！

那一道「綠紗」，連柱子都削木如灰，加上「滿身」火焰，一旦被它沾上，豈有活命之理？

戚少商從來沒有見過這樣的一個「敵人」、一種「武器」，任何招架它或反擊它的方式，都只使它更加威力強大！

戚少商唯有再退。他退往廟角一片灰暗所在。

他腳倒踩七星，橫劍當胸，正待全神對付那片「綠紗」，驀然間，天地全暗了下來。

原來，他退入的地方，不是地方。

而是一張灰袍。

灰袍已合攏。

戚少商正要掙扎，忽聞到一陣如蘭似馥的香味，全身如同跌了一個不著邊際、渾不著力的地方，已覺一陣昏眩。

這時候，戚少商已完全失去了抵抗力。

灰袍覆蓋向他，就像一張天羅地網！

突然間，他被裂帛刺耳的銳響驚醒！

他出力一掙，一個翻身，撲跌出去！

人逸丈外，足下一穩，迴劍邊峙，卻見那一張灰袍已然粉碎成漫天布片，在廟內迴盪如灰蝶飛蝠。

灰袍碎裂處，有一個人，手中有一把劍。

紅光蕩漾。

三綹長髯，目蘊神光，正是劉獨峰！

綠芒紅光，把這人臉上映得陰晴不定。

灰布飛揚，只聽廟裡迴響著一個悽厲的語音：「你沒有走！」

劉獨峰道：「我根本就沒有離開過！」

那語音厲聲道：「你丟掉兩個手下親信的生死不理，卻來救這小子性命!?」

劉獨峰道：「因爲我知道你會來，你一定會來。」

語音突滅，剩下那片「綠紗」突然顫震扭曲，駁纏絞結，就似一條抽搐的綠蛇。

劉獨峰道：「你已中了我的『一雷天下響』，萬籟無聲，五雷轟頂，你可夠受了。」

那綠紗絞成一個時老時嫩的語音：「你……你這老狐狸，你暗算我，傷了我形神——」

劉獨峰長吸一口氣，道：「不錯，我暗算了你。」他又自背後拔出一劍，藍光湛然，與右手紅劍相互浸揉成紫，他臉上也煞氣大盛，「我還要殺了你。」

那九幽神君的語音淒淒慘慘的道：「我早知道，你和諸葛都容不得我。」

劉獨峰長嘆一聲道：「你又何嘗容得下我！」

那「綠紗」突然光芒暴長，竟向自身一投，全影即時變形，化成一縷綠煙，一溜兒往廟處掠去！

劉獨峰長嘯一聲！

地上近破鼎之處，原插著一把劍。

嘯聲一起，劉獨峰凌空接引，隔空發力，黃光陡起，破鞘而出，攔截綠煙！

那「綠煙」竟似有人性一般，半途一扭，竄入破舊幔帳之後，往神龕掠去！

神龕上供著被蛛網繞纏、臉目難以辨認的山神！

劉獨峰沉聲喝道：「哪裡逃！」藍紅雙劍合一，電射入幔簾之後，雙劍一分，一斬綠煙之首，一截綠煙之尾！

戚少商歷過不少陣仗，但這等怪異鬥法，平生僅見，他只覺神志迷惚，四肢無力，未能恢復，一時也不知何從插手臂助是好。

卻眼見劉獨峰馭劍兩頭一截，那縷綠煙走投無路，劉獨峰這下急掠，陳舊的黃幔已陡揚了起來。

戚少商眼快，只見那座山神神像，突然眨了眨眼。

——神像怎會霎眼？

那一雙眼神，倏地變成極其淒惡！

「山神」突然動了：雙手一掣，多了一柄三尖刃鑲鍊齊眉棍，一棍自上而下，往劉獨峰攔腰打落！

戚少商勉力叫了一聲：「留神！」

劉獨峰身子陡止，雙劍一架，剪往齊眉棍！

正在此時，那黃布幔驀地夭矯盤旋，已捲在劉獨峰腰上！

這時候，廟內突然充滿了風雷之聲。

這一連串悶響，使得戚少商感覺到一股無形的大力，像萬浪排壑、驚濤裂岸的潛湧而至，耳爲之塞，鼻爲之窒。

只聽拍叻叻一陣聲響，再看去時，只見捲裹在劉獨峰腰畔的黃幔全碎。

接著一聲厲嘯，像是痛極而呼，非男非女，刺耳欲聾，這時龕上的神像，那一縷綠煙，一齊消失不見。

只剩下劉獨峰一人，臉色微微發黃，他那紅青雙劍，全插在身前土中，兀自晃動不已。雙手執持黃劍，狀若入定。戚少商率眾與他對敵數次，甚至毀掉他的青、黑、白三劍，從未見過他動用黃劍應敵的。

戚少商道：「你——」

劉獨峰陡地睜目，神光暴長，叱道：「退後！」此話一出，廟內陡而響起了一陣萬鈞怒發，驚魄欲裂的怒嘯，像九萬張強弩滿弓欲射，億串厲雨狂飆飛襲的剎那，全湧進了廟裡。

戚少商只覺廟門砰的一聲，被震了開來，外面無星無月，一片漆黑，其中一張黑色的「蒼穹」，竟以碩峨無匹的聲勢，罩蓋而來！

戚少商看不見敵人。

只見一張黑袍！

他甚至一時無法分辨得出，是蒼穹還是一面黑衣！

黑影一至，天地盡黑。

劉獨峰全身突然發出一陣風雷之聲，閃身便到了戚少商的身前，坐馬揚聲，雙掌平推而出！

這兩掌推出之後，外面突又一聲爆響，一朵火樹銀花，在半空亮了一亮，而厲嘯聲突然增強，但由近而遠，滿廟的勁氣忽一掃而空。

星月滿天。

古廟寂然。

劉獨峰緩緩收掌，一晃，再晃，三晃，戚少商想上前扶持，但又渾不著力，只見劉獨峰一個蹌踉，扶著一排木牌架子，回首苦笑，邊揮袖揩去嘴邊的血跡，道：「這一掌對得好實！」

卻又反過來問戚少商：「你覺得怎樣了？」

戚少商仍覺天旋地轉，剛才的事，就像一場來去如風的惡夢一般。

「這是……怎麼一回事？」戚少商很有些迷茫。

劉獨峰嘆道：「敵人已經退走了。」

戚少商還是覺得有些渾渾沌沌，劉獨峰道：「你中了『尸居餘氣無心香』，幸你的『一元神功』基礎穩實，所以中毒不深，但一時三刻，怕仍難以復元，必須要抱元歸一，活脈行血，祛逼毒力。張五廖六恐已遇危，我先過去探探。如無意外。敵人已經遠去，會調兵蓄銳，再發動攻擊，但決不會是頃刻間的事。」

戚少商知道他心念部屬，忙道：「我不礙事，你去救人吧。」

劉獨峰一跺足，忽道：「我不放心，我們還是一道兒去的好。」

戚少商知道他是擔心自己的安危，而不是防自己脫逃，心中感念。劉獨峰一手搭住他的肩膀，道：「你不必發力奔行，只消提氣便可。」當下便以這「一臂之力」，扶著戚少商疾馳起來。

◇◇◇

劉獨峰與戚少商在亂岩嵯峨、怪石矮樹的河澗，找到了幾具屍體。

一名是被斬成兩截的死人。

一名是首頸之間只剩一張薄皮連著的老漢。

另一名便是被開了膛子，背插鐵叉的廖六。

劉獨峰用手輕輕闔了廖六怒瞪的雙目。「小六子，你是死不瞑目的，我是知道的，你們遇難，我沒有趕去救援，可是，我也知道九幽老妖的目的，便是要我過去，他們好把戚少商殺死，他們既有這一著，便會防我趕至，所以，我是萬萬不能中計，不能離開戚少商的。」劉獨峰平靜地道，「我雖不能及時趕來，但我一定會替你們報仇，一定。」

戚少商被晚風一吹，已清醒了大半，加上路上血脈暢行，剩餘的一點毒力已被迫出體外。他當然明瞭劉獨峰正在極度的悲痛之中。他心裡又悔又憾，知道劉獨峰是為了不忍放下他不理，以致無法及時救援他的兩名部屬的。

他只能在旁說：「張五不在這裡。他可能還活著。」

劉獨峰喃喃地道：「是的，他可能仍然活著。」

戚少商垂首道：「都是我累事，害死了……」

劉獨峰長嘆一聲，道：「也不僅是為你。我料想九幽老怪用他幾個徒弟調虎離山，旨在殺你。他以為我趕過去營救，再趕回來山神廟時，大約他已能把你制住，他同樣會設法取我性命，故此，我讓他錯以為我已離開，先發制人，一舉先重創了他。」

戚少商茫然道：「他……他究竟是人還是鬼？是什麼妖魔？怎麼變成一道綠芒？那綠芒是什麼東西？」

劉獨峰道：「這九幽老怪有過人之能，古怪武功極多，他能借五行五遁攻襲對方，倏忽難防，那道由火焰煉化的綠紗，就是他形神凝聚的化身之一，只要能使那綠芒粉碎，便可以殺傷他。但我還是太疏忽了。」

戚少商也很想明白個究竟，不由問：「爲什麼？」

劉獨峰說：「我忘了他還有一個小徒弟叫『泡泡』！」

六六　埋葬

戚少商皺眉道：「『泡泡』？」

劉獨峰道：「泡泡是九幽老妖的得意弟子，學了他不少本領。剛才一戰，開始潛化爲那件『綠芒』的九幽老怪，後來則由泡泡撐持，他化作灰袍罩住你。你失去抵抗之力，便是著了泡泡『尸居餘氣無心香』之故。他以爲我已遠去，不及趕回，故現身出手，因此爲我『風雷一劍』所傷。」

他說到這裡，把廖六抱到地勢較高、泥土較鬆軟一邊，用地上那一對銀鉤，一下一下往地上掘落。

戚少商明白他的意思。

劉獨峰要把廖六埋好。

戚少商也有這個意思。

他總是覺得，劉獨峰帶來的六個人，有五個人都可以說是他間接害死的。

他沒有任何法子去償還這些人的命債，但心裡決不忍廖六就此橫屍荒山。所以他也收劍回鞘，在地上拾起那把被削得像是根鋼椎禿棒的兵器，用力往地上掘。

劉獨峰忽道：「你手上的棒子，是九幽老怪的趁手兵器之一，叫做『陰陽三才奪』，看來，狐震碑已經來了，這地上還有幾枚鐵蒺藜，『鐵蒺藜』也肯定到過這裡。你交手的時候可要留意，九幽老怪手上還有一支陰奪，能使九招，發七種機關，務須小心。」

戚少商看看自己手上的「禿棒」，不禁趁著涵照的月色細細把玩了一番，道：「我看他沒什麼。一把利器，被削成這般怪樣，看來也不大濟事。」

劉獨峰冷哼道：「那是因為它碰著兵器的剋星：春秋筆！」

戚少商抬頭望了一眼，凜然道：「筆則筆，削則削，春秋之筆，嚴如斧鉞。」

劉獨峰頷首道：「『春秋筆』就在張五手裡。」

戚少商道：「那麼說，張五也來過這裡了？」

劉獨峰微喟道：「廖六遇難，張五怎麼不過來？我這六名部屬，只有臨危赴義之人，沒有貪生怕死的事！」

戚少商怕他又觸景傷情，忙找個比較轉憂爲喜的話題：「看來，張五得以身免，卻不知到哪裡去了？」

劉獨峰用鉤子指指地上，下頷微揚，道：「你看。」那對鉤子被他大力掘地，早已碰損撞崩，刃口倒捲，劉獨峰恨它爲殺廖六兇器之一，掘土時全不護惜。

戚少商只見身前地上，有兩行輪印，雖被亂石枯岩切斷，但在有泥土不遠之處亦可續接。這輪痕在輾過石上綠苔時，尤爲深刻分明。

戚少商恍然道：「來人乘坐木輪轎子？」

劉獨峰眉心打了一個結，道：「我就是奇怪這一點。九幽老怪風癱多年，乘輿而出，原無足奇；但九幽老怪既在破廟偷襲，又怎麼能分身來此襲擊廖六，這倒是奇。」

戚少商道：「在破廟的確是九幽老鬼？」

劉獨峰微哼道：「要不是九幽親至，就有這等功力，那豈容我們兩人活到現在？」

戚少商知道劉獨峰年紀雖大，德高望重，但爭強好勝之心，仍然熱切，不過他說的話也確有道理，便道：「在破廟裡那塊灰布——九幽老妖中了你一劍，明明已化作一道青煙，被你兜截住了，怎會——？」

劉獨峰道：「你被『尸居餘氣』所迷，看去的有一半模糊不清，一半是幻像，要是別人，早已倒下了，你的內力畢竟不弱，幾經折騰，還可以保住元氣。不錯，九幽老怪是著了我一劍，我錯以爲他潛化爲『綠紗』，再轉爲青煙溜走，正欲乘勝追擊，不料那一道青煙，只是他徒弟『泡泡』的傑作，他則潛入帳幔之中，趁我乍然受他另一位徒弟龍涉虛化作山神像攻襲時，也傷了我一記。」

他苦笑一下，接道：「要不是我傷他也相當不輕，加上那一道示警的煙火，九幽老怪才不會與龍涉虛、泡泡急急退走。」

戚少商道：「煙花？示警？」

劉獨峰道：「九幽老怪一定還有別的門徒在外把風，第一道煙花，顯然是向他暗示，我已趕到這裡，意促九幽老怪動手。第二道煙花，應該是示儆，但還有什麼含意，我就不知道了。他臨撤走前，仍不死心，全力反撲，彼此對了一掌，嘿，嘿，誰也討不了好。」

戚少商微一沉思，道：「不過，那第一道煙花所傳遞的訊息，未免失誤，你壓根兒沒離開過廟裡。」

劉獨峰手下不停，一面道：「是呀，我也覺得奇怪。」突然彎腰撫腹，悶哼一聲。

戚少商知他傷得不輕，忙問：「你怎樣了？」

劉獨峰立即挺身，截然道：「我沒事。」雙眉閃電般迅快一蹙，長吸一口氣，反問道：「你呢？」

戚少商知他好強，便道：「還有些渾渾噩噩，要不是捕神來得快，我迷醉得被人大卸八塊也渾然不知呢！」

劉獨峰拍拍戚少商肩膊，笑道：「你豈會這般不濟事！我當年也著過迷香，全憑一口真氣，制住了六巨寇，才倒下去，昏迷了個一天一夜，醒來的時候，那六個窩囊卻仍未衝開穴道，能奈我何？哈哈……」這笑得幾聲，不知是因笑震痛了傷處，還是忽又想到傷心處，撫胸變臉，卻成了幾聲乾咳。

戚少商岔開話題，道：「看來，九幽老妖這一傷，非要一段時間不能復元。」

劉獨峰臉色愈來愈差，戚少商迎著月色一望，只見他頭上的白氣愈來愈濃，仔細看去，隱隱晦黑，不禁嚇了一跳。

劉獨峰大力掘了幾下，又大聲喘了幾口氣，忽然道：「你在擔心我的傷勢？」

戚少商卻說：「天快亮了，張五他不知道會不會退回廟裡找我們？不如廖六哥的葬地就由我來挖土，劉大人先回廟裡歇歇。」

劉獨峰道：「你看我只是在掘土，其實，我是用大力掘地的挫力來療傷回氣。我傷在腰腎，五行中水屬黑，我頭上冒黑氣，便是要把腎臟的瘀傷散發出來而已，我正要借掘土時所冒升之氣，來運導體內的水流往正途，你要我回廟療傷，反而是我捨近求遠了。」

戚少商這才恍悟，劉獨峰正是要借土力生化，催養調和，恢復傷患。只聽劉獨峰又道：「張五如果能回到廟裡，也必會來此處找我們，只怕他——」

戚少商忙道：「張五哥機警過人，而且，他手上又有你親傳的『春秋筆』，只要不是九幽老怪親出，要為難他談何容易！」

劉獨峰道：「我知道，這是你安慰我。廖六死了，他本來也有『軒轅昊天鏡』，而今不也一樣不翼而飛！難道，除了九幽老怪之外，又來了些什麼強敵？」

戚少商心中一動，道：「江湖傳聞說你給六位部屬親信六件寶物，件件都是犀利霸道的武器，不知可有此事？」

劉獨峰微微笑道：「你可知道那六件武器的名堂？」

戚少商道：「倒是聽人說過。」

劉獨峰道：「你說來聽聽。」

戚少商道：「『滅魔彈月弩』、『后羿射陽箭』、『秋魚刀』、『春秋筆』、『一丸神泥』和『軒轅昊天鏡』。」

劉獨峰點點頭，道：「不錯。他們六人，武功不高，我原先之意，是把這六件寶貝傳予他們，配合運用，來的就算是高手，也不易應付。」

戚少商道：「張五哥生死未卜，廖六哥的『軒轅昊天鏡』恐怕已然落入敵手，剩下的三件不知道是否還在劉大人處？」

劉獨峰眼睛忽發出異采，道：「『一丸神泥』，已給周四用去。『秋魚刀』、『后羿射陽箭』在藍三、李二死時，廖六收回交我，現仍在我這兒。」他頓一頓，沉聲問，「你爲何不說四件，而說三件？」

戚少商道：「這便是我問的真正用意。當日周四的『一丸神泥』，便施放在我和息大娘一役中。是役大娘順手拿去『滅魔彈月弩』，這件事，我覺得應該向你交代一聲。」

劉獨峰頹然揮了揮手，道：「罷了，罷了，在也罷，無也罷，再見這六寶，無非增添睹物思人。我生平慣用六把劍，即是『黃雲』、『紅花』、『碧苔』、

『藍玉』、『黑山』、『白水』六劍，而今，黑山、白水、藍玉三劍已毀，僅存黃、青、紅三劍，其實，世上有哪一事哪一物能永存？縱連寶劍古鞘，也不過是一時之利器罷了。」

這時土坑已掘得相當深寬，劉獨峰替廖六拔掉背上的鐵叉，血污汩汩流出，沾染了他的雙手，劉獨峰平靜地道：「廖六，我知道，殺你的人是狐震碑和鐵蒺藜，這些都是他們的獨門暗器。我一定會替你報仇的，你放心安息罷。」

說著，把廖六放入坑裡，開始撥泥入坑。

戚少商在旁協力撥土。

劉獨峰一直沒有說話。

他的雙手和鞋子，全沾滿了泥土。

冷月下，戚少商突然覺得這位一向榮貴逸尊、錦衣玉食的老人，很是孤獨無依，淒涼可憐。

劉獨峰在奮力填土，渾似已忘了身上的泥污。

他身邊已沒有服待的人。

劉獨峰忽然震了一震，從側面望去，他白花花的鬍子也微微顫動著。

戚少商很想過去攙扶他。

劉獨峰馬上就感覺出來了。

他突然強了起來。

整個人就像是無堅不摧、無敵不克的一種堅強。

土已填平，他用雙掌平壓了幾次，然後說：「九幽老怪不可能就此放過我們，這一路上，難免多事。」

戚少商垂下頭來，好半晌，才澀聲道：「我覺得……大人——」

劉獨峰微笑打斷道：「叫我劉獨峰。」

戚少商頓了一頓，道：「劉前輩。」

劉獨峰堅持道：「如蒙不棄，我們就交了這個朋友。我叫劉獨峰。」

戚少商道：「不行。」

劉獨峰訝然道：「哦？」

戚少商道：「這個時候不行。」

劉獨峰問：「爲什麼？」

戚少商道：「這個時候，你是在扣押我，假如我是你的朋友，你還方便押解我嗎？」

劉獨峰道：「不對。朋友是朋友，押解是押解。你縱然是我的朋友，只要犯了法，我還是要拿你。」

戚少商道：「不是的。我只要跟誰交上了朋友，我就維護他，他做錯了事，我也會袒護他，除非他泯不悔改，我才下手制裁。」

劉獨峰道：「所以你遇劫難時，也有很多人爲你泯不畏死。」

戚少商點頭道：「我們是兩個完全不同的人。」

劉獨峰道：「那只是個性上不同而已。人與人之間，不一定要個性相同才能成爲好朋友，只要志趣相投，便可以成爲知交。」

戚少商道：「如果我當你是朋友，縱然應付了九幽老鬼之後，我有機會逃脫，但也不能逃脫了，因爲這樣會對不起朋友的。我一生不是沒有做過對不起朋友的事，而是儘可能不做對不起朋友的事，但只要有機會，我是一定要逃的，因爲我要爲我的朋友報仇，我還是叫你劉捕神好了。」

劉獨峰嘆道：「你執意如此，我也不能勉強。但我心裡，還是當你爲朋友。」

兩人靜默了半晌。

劉獨峰才道：「你剛才想說什麼?」

戚少商道：「我覺得九幽老怪志在殺我，你大可不必插手。我要是能在他手下逃脫，那是我的造化，你不必爲我擋這個災煞！」

「這點你估計錯了。」劉獨峰道：「九幽老怪要是只想把我引出廟外，不殺廖六，我或許也能相信他目的只在取你之命。他既然下令把廖六殺死，便無懼於與我結下深仇。想來，傅宗書所下的指令裡，不但要拿你的命，也要我的人頭。這也罷，我跟他的新仇舊恨、多年對峙，總該找個時候算算總帳！」

他撫髯又道：「現在我跟你，是在同一條道上併肩作戰，你不必再擔心連累我的事，等擊退了強敵，你再設法你的脫逃，我再進行我的押解。」

戚少商長嘆道：「也罷。」忽道：「看！」

劉獨峰循指望去，只見來處漆黑一片，但凝視一會之後，隱隱覺得黑幕天邊，似乎有一股濛濛黃光，微微幌動。

劉獨峰詫道：「火光？」

戚少商畢竟長年累日在「連雲寨」上主持大局，對風火所示方面探測極有把握：「我們走時，廟裡的火是否已經滅了？」

他們走時確把柴火完全踏熄，生怕山火無情肆虐。

劉獨峰會意地道：「是在廟裡的火？」

戚少商望定天邊，臨風岸立，薄唇抿得緊緊道：「廟裡有人。」

◇◇◇

廟裡有人。

是敵？是友？

劉獨峰和戚少商都沒有避開。

如果是敵，避也避不開。如果是友，又何必要避？

所以他們一齊往火光處掠去。

◇◇◇

火暈漸漸旺熾。

除了兩人已漸漸接近火光之外，這火也正好被撥生起來。

——生火的人似有恃無恐！

劉獨峰、戚少商接近廟門之際，驀地兩人一分，戚少商一鶴沖天，掠上廟簷，倒掛金鉤，猱身而下，捷逾猿猴，輕似四兩棉花。

劉獨峰一按劍，一捋髯，吐氣揚聲，提足踢開半掩的廟門！

突見火光一盛，一支火把焰子，迎面撲來！

劉獨峰一閃身，猱身而上，青芒一閃，火把已斬成兩半，火頭掉落地上，灼了那白鼻人的腳一下。

那人痛得大叫一聲，還喊了一個字：「爺——」

話止，聲絕。

戚少商的劍已架在那人頭側。

他的人也無聲無息地落在那人背後。

劉獨峰乍聽語言，叱了一聲：「慢著！」

這時三人才彼此看清楚了對方的面目，都喊了一聲：

「是你！」

這人正是張五。

張五的鼻子白了一塊。

那是一塊包紮著他傷口的白布。

張五沒有死。

他還一隻手拿著昊天鏡，另一隻手去掏春秋筆，準備跟來敵拚個死活。

可是他這時已被制止。

同時也清楚了來人。

來人正是他惦念著的主子！

◇◇◇

張五仍然活著。

可是連他都以爲自己死定了。

那一片事物，撞開了鐵蒺藜，落到地上，原來是一枚銅錢。

張五全身都軟了。

而鼻尖的麻癢更厲害了。

他仰身倒下時，只見狐震碑揚手發出了煙花，金燦奪目！

他還看見那枚被倒撞回去的鐵蒺藜，竟倒射向「鐵蒺藜」！

「鐵蒺藜」本來勝劵在握，乍逢急變，一時慌了手腳。

他也聽見另一個女音叫道：「正點子來了。」隨後他就不省人事了。

六七 槍、矛、戟

再醒來的時候，張五發現自己身在破廟裡，鼻子隱隱有點疼痛，伸手一摸，原來裹了塊白布。

張五迷迷糊糊摸索間，覺得自己胸腹有一方輕物，類似紙帛，在廟裡光線昏沉，正在掙扎起來點火，突然間，一物閃入，如飛蝠一般，在張五身上一掠而過。

張五神智未復，竭力閃躲，把樁不住，摔了一個大跤。

那「飛蝠」一幌而滅，黑暗裡什麼也看不清楚，但也沒有再行撲擊。

張五再起來的時候，那方紙帛卻不見了。

他用火煤生火再找，但尋遍亦不可得。

張五生起了火，想起廖六已經喪生，六名同門中只剩下自己一人，頓覺傷情。

正值這種情緒之際，廟門突被踢開；張五以爲有敵來犯，急忙抄起一根火棒，就往前擲去！

可是來者非敵！

而是劉獨峰。

◇◇◇

張五所知也僅只這些。

他甚至不明白自己是怎樣會回到破廟的。

劉獨峰拍拍他的肩膀，道：「能沒事，那就是好，那就是好事。」

張五垂淚道：「可是六弟他……」

劉獨峰大力點頭，道：「我知道。我已把他埋了。」

張五禁不住落淚：「六弟他也去了，就只剩下我了。當年，記得在中條山緝拿『顯道神』李化的時候，剛剛立下大功，由兵部轉奏聖上，龍顏大悅，降旨策封我們，雲大就說：『我們今日得此榮華，全是爺提拔我們的。』一個說：

『我們永遠也不要忘了爺的恩典。』一個說：『我們也永遠不要分開。』我說：『對，在一起才是力量。』大概是四哥說：『我們要服侍爺一輩子，他待我們恩義如山，我們竭盡今生恐也難以報還。』李二哥說：『我們沒有了爺，也不知如何是好；爺失去了我們，恐怕也會傷心，也有許多不便。』那次見爺有意在京城休生養息，我們六人都以爲雖曾在江湖上刀頭舐血，但終究可在京師告老歸山……不料，才幾個月下來，他們……我們……就只剩下我一人了！」說著有點泣不成聲。

劉獨峰銀髯微顫，道：「都怪我，早該偃旗息鼓，不該再帶你們出這一趟差事。雲大曾勸我……」突然忍不住，老淚紛披，顫巍巍的道：「其實，你們都曾勸過我，要是我心頭沒那麼熱，要在撒手歸隱，逍遙晚景之前再管一管事、亮一亮身手，你們……何至於此！」

張五垂淚道：「爺，都是我們平日疏懶，老愛沉迷旁門左道的小技，武功沒有學好，才遭此劫。」

劉獨峰長嘆道：「瓦罐不離井上破，江湖幾個好收場？我看黃泉路不遠，你的幾位兄弟，也不需久候了。」

張五聽了心如刀割，只叫：「爺！」戚少商卻聽得心裡一寒，雖然明知劉獨峰待部屬如親子，平素華衣錦被，住的是畫棟雕樑，這次屢遭迭變，連喪數名親信，且心乏力疲，風塵僕僕，一直強抑悲楚，而今乍逢死裡逃生的張五，反而忍悲不住，盡皆渲洩出來。可是此際劉獨峰所說的話，未免不吉不祥，強敵環視，怎可鬥志全消？不禁心頭大急。

劉獨峰哭得幾聲，忽道：「你仔細聽，有人來了。」

戚少商一震。

劉獨峰雖然在傷心中，但依然耳聰目敏，反應迅捷。

戚少商一沉肩，耳貼地上。

「四個人的腳步聲。」

劉獨峰嗯了一聲。

「還抬著一件東西。」

劉獨峰點點頭。

「是件重物。」

「是個人。」劉獨峰然後自問了一句：「他怎會恢復得如此之快？」

「已到門前了。」戚少商忽道。

那是因為抬東西的人腳步突然加快。

廟門仍然半掩。

外面了無動靜。

張五的手執住「春秋筆」。

劉獨峰橫手伸去，握住他的手腕，示意要他別輕舉妄動。

只聽外面傳來一個慈祥的語音：

「劉捕神，請借一步出來說話。」

◇◇◇

月亮下，大道上。

四個人，抬一口棺材。

那四個人清一色狀若死屍，臉色慘白，木無表情，挺身僵立，每人還斜背了口油紙大布袋，臭氣薰天，不知盛著什麼事物。

劉獨峰、戚少商、張五，三人打開廟門，直行出去。

停在廟旁的馬匹希聿聿一陣嘶鳴。

三人迎風直行。

劉獨峰一面闊步而行，一面對張五低聲說：「那抬棺的四人，都吃過在雲南風魔嶺一帶的毒藥『押不盧』，都迷失了本性，全受人奴役，不顧性命，跟他們交手，就算殺了他們，也全無意義，這點不可不知。」

他的語音已然壓低，一面遞給張五一弓五箭，箭身小巧玲瓏，但箭鏃金光閃閃。

可是那慈和的聲音突然轉為一陣張狂的大笑，「劉捕神，你傷在三焦俞、太陽俞、胷俞，都傷得不輕！」

劉獨峰道：「聽聲辨傷，足見高明！」

遽然停步。

戚少商在他的左邊，張五在他的右邊，也都一齊停步。

那語音又開始有點混濁起來了：「你說得對。這些『藥人』，都是我的奴隸，任我擺布，聽我驅策，他們本身是沒有性命的，他們的命是我的。」

劉獨峰矍然道：「沒有人的命是誰的。」

那語音頓了一頓，隨即笑道：「可是他們的命全是我的。你知道他們是誰嗎？他們全是我殺了他們父母或全家，害了他們師門或全族，剩下來矢志要報仇雪恨的人，我放過不殺，留了下來，設計讓他們吃了『押不廬』，男的畢生供我驅使，女的任憑我淫辱，你說痛快不痛快，過癮不過癮？」

張五臉色有點發寒。

劉獨峰道：「痛快」。

戚少商道：「過癮」。

「這就是了，」那語音道，「而且，凡是吃了我這種藥，便絕無解救之法，就算能使他們亂性，也不能使他們回復本性，你說，他們還有什麼指望復仇，還有什麼活下去的意義？」

語音一頓，變作認真的勸誡口吻：「與我為敵，不好玩的啊。劉捕神雖然髮妻早喪，但還有一位未出閣的女兒……戚寨主則還有位息大娘，好像還在到處逃亡哩。」

劉獨峰忽問了一句：「以前，也有個武林人物，專門製造藥人，驅為己用，後來怎樣來著？」他這句話是問戚少商的。

戚少商即道：「這傳聞我也聽說過。後來，那使人失心喪魂的姬搖花，教『四大名捕』中的無情殺了，一把火燒得連骸骨也不剩。」

劉獨峰道：「真的？」

戚少商道：「真的。」

劉獨峰道：「那真是惡有惡報了。」

戚少商道：「遲早都要報的。」

那語音靜了半晌，才道：「你們剛才說的那個人，叫什麼名字？」

劉獨峰和戚少商都不知道他這一問是何用意？張五搶先道：「是無情，無情大爺！」

那語音又道：「無情？成崖餘？」

突然像裂柴似的笑了起來，「砰」，棺蓋飛了起來，煙霧濾起，劉獨峰用蟻語傳言示警道：「小心，不要呼吸。」

棺內伸出兩隻手。

白生生、秀氣的手。

手在黑夜裡分外的白。

白手伸到肘部，突然間，沒有了。

只剩下兩團血污。

這斷手握在兩隻枯瘦如鬼爪的掌裡。

劉獨峰和戚少商這才弄清楚：棺材裡伸手那一雙白玉般的手，不是屬於棺裡人的。

那一對鬼爪，才是棺裡人的手。

而白手是握在鬼手上。

白手是被人硬生生砍下來的。

劉獨峰臉上微微變色：「你這是什麼意思？」

那鬼裡鬼氣的語音忽又祥和了下來：「沒有意思。只不過給你看一對手臂。」

劉獨峰和戚少商的樣子都似被打了一拳似的。

那棺材裡的聲音又道：「放心，這對手臂，還不是劉大人千金劉映雪的藕臂，也不是息大娘的皓腕，這只是嘛……」語音笑道，「天下四大名捕之首，無情手臂一雙！」

劉獨峰、戚少商聞言都是一震。

那語言怪笑道：「若然不信，請看。」

微一抬手，一面紙帛，平平向劉、戚、張三人身前送來，就像有無形的走獸托負著潛浮而來一般。

劉獨峰用極低的語音道：「提防有詐，不可用手碰觸。」

一面道：「好一手『無極含一炁』，老兄不但邪門武功練得多，正道內功也練得精……」

棺內一陣格格大笑：「得捕神提評賤及，勝過萬人稱譽。」

劉獨峰截道：「不過，你傷在『天宗』、『膈俞』、『身柱』三處，恐劍傷亦不爲輕。」

棺內語音忽止。

棺內人露了一手玄功。

可是卻教劉獨峰瞧破了他的傷患。

他語音千變萬幻，叫人無從捉摸，劉獨峰起先也以爲他並無負創，或負傷不重，但這一招以『無極含一炁』平送薄紙，卻令劉獨峰看出了他功力返本還元略失，凝神反虛有隙，因而斷定他的傷勢。

張五拔出春秋筆。

他以春秋筆平托住信函。

春秋筆沒有變色。

紙上無毒。

正在這時，張五只覺那薄薄的一張紙上，驟然湧來大力，他禁不住往後退了一步，但才退了一步，力道更如萬濤決堤，崩裂而至，但戚少商一隻手及時在他肩上一搭。

這一搭，使他生起大力，塞住功力的決口，穩住了腳步。

戚少商縮手。

縮手之前，在他肩膊上五指一揮。

這一揮手，使張五胸口煩惡盡去。

劉獨峰忽道：「看來，你的『無極含一炁』的亢陽之力未足，當然決不會是閣下有欠功候，而是『脾俞』也有傷未愈……看來，你化身幔簾捲住我腰際，我那兜身一劍，畢竟也奏了功效。」

九幽神君冷哼道：「戚寨主身上所受的傷，可也是琳琅滿目、應有盡有啊。」

這時，劉獨峰與戚少商已藉月色，看清楚了那紙上的符印。

戚少商對官場印鑒還不十分瞭然，劉獨峰可臉色大變。

「這是無情的符印！諸葛先生親傳的『平亂玦』！」

棺裡的鬼手拿著一顆印章，在月下一揚：「他的印信都在我這裡，人還能活麼？」

劉獨峰想起無情的才情和他在擒拿戚少商時所給予的援手，怒道：「九幽老鬼，你殺了無情，我和諸葛先生，都不會放過你的！」

九幽神君怪笑道：「我正是要你不放過我。」

劉獨峰道：「說得好！」話一說完，鑽天鷂子般騰空而起，只聽半空宛似響了幾道焦雷，而焦雷又連著一起響，山雨欲來，鬱悶迫人。

青光一閃，劉獨峰的「碧苔劍」已然出手！

棺槨裡突然伸出了一柄長槍！

長槍紅纓飄飛，金鏃遽震，刹那間，不知向半空騰身的劉獨峰攻出了多少槍，下了多少記殺手。

長槍由來最古，能取遠敵，可格近敵，攻如潛龍出水，守如猛虎奔山。——當年，在四大名捕「會京師」之役，十三殺手中的「人在千里，槍在眼前」的獨孤威，便是九幽神君九名弟子之一，九幽神君更是精於槍法。

劉獨峰在半空搏戰，不管長槍怎樣刺攢，來勢如何猛烈，都被他在空中縱橫遊行，揮劍格開。

但劉獨峰也攻不進棺材裡。

兩人一在棺裡，一在半空，交戰六十七招；劉獨峰藉劍架長槍之力，仍在半空浮移，並不落下來。

風雷之聲愈來愈盛！

紅光一閃，綠芒大盛。

長槍槍尖已被斬落！

劉獨峰雙手雙劍，直壓棺槨！

突然間，棺裡又挺出一矛一戟，怒刺劉獨峰！

矛為兵器至長，矛頭佁盡，形扁平，雙刃彎曲如蛇形，架盪攻刺，如虎入平原。

戟近於矛，祕端有刃，衝鏠橫刺，回砍截割，以主力破萬敵，勢不可擋。

——「神鴉將軍」冷呼兒本就擅使矛、戟的，而冷呼兒也正是九幽神君門徒之一。

矛、戟本來都是重門長兵器，耗力甚鉅，但像九幽神君矛、戟並使，施展得大開大闔，飛砂走石，金風飛騰，每一出擊所帶起的厲風，連劉獨峰的風捲雷行都為之減色。

戚少商與張五立即發動了攻勢。

他們要制住那四名「藥人」，如此不愁不把棺裡的人逼出來。

他們也要見見這個令人聞風喪膽、橫行江湖五十年的大魔頭，是個何等人物？

他們身形一動，暗處立即躍出四人。

張五怒吼道：「就是他們殺死六弟！」

來人正是狐震碑與「鐵蒺藜」。

他們兩人的服飾裝扮，依然一個是「洪放」，一個是「張五」。

洪放當然就是「鐵蒺藜」，「張五」則是狐震碑。

另外兩人，一個就像一座鐵塔山神。

他的確是「山神」，雄武威猛，凜凜生風，但目光有些痴呆。

還有一個卻是女子。

這女子就像個粉琢的囡囡。

女子笑起來的時候，便吹皺一池春水。可是春水是淨潔無暇的，但這女子卻姣艷如花，騷媚入骨。

這兩人正是龍涉虛與英綠荷。

正是九幽神君的四大弟子。

狐震碑、龍涉虛、英綠荷、鐵蒺藜都來齊了。

——泡泡呢？

六八　燃燒的棺材

九幽神君的戰略是這樣的：

——以狐震碑與龍涉虛纏住戚少商。

——再以英綠荷及鐵蒺藜先把張五幹掉，然後聚四人之力，制伏戚少商。

英綠荷與鐵蒺藜攔向張五。

張五跟鐵蒺藜正是仇人見面，分外眼紅！

鐵蒺藜假扮成「洪放」，以「子母天魔鉤」暗算重創廖六，廖六才致被狐震碑的「子午透骨叉」刺死。而後鐵蒺藜施放暗器，與狐震碑的「陰陽三才奪」合鬥張五，眼看得手，殺敵取寶，但迭逢突變，未能一舉殺之，心中也是恨極。

張五盯上鐵蒺藜！

鐵蒺藜一閃身，鍊鏢在一側間飛射而出！

張五身躺筆飛，直削鐵蒺藜雙腿！

鐵蒺藜平飛一丈有餘，人未回身，鍊鏢已自脅間倒射而出！

張五突然挺直彈起，春秋筆一架，讓鍊鏢射空，鏢鍊纏在筆桿上，用力一陣回捲。

鐵蒺藜知道「春秋筆」吹毛斷髮、削鐵如泥，一方面藉力旋身，想脫離春秋筆的糾纏，以保住他的「丁甲神鏢」，這「丁甲神鏢」他已練得五六成火候，他希望日後在江湖上，除了以「鐵蒺藜」享得盛名外，名頭上還加添：「丁甲神鏢鐵蒺藜」。

同時間，他左手一揚，兩枚鐵蒺藜，急取張五下盤！

張五的一條腿子，本來就帶傷，鐵蒺藜覷準他的弱點下手。

可是鐵蒺藜的一條胳臂，曾著了自己的鍊鏢一記，傷得也不輕，加上他中了廖六臨死前的一腳，也受了點內傷，比起張五絕討不了便宜。

張五若要扭斷「丁甲神鏢」，腳下一定要把樁發力。

若他立馬不動，必中暗器！

鐵蒺藜這下是圍魏救趙，攻其所必救！

但張五不救。

他亮出昊天鏡。

鐵蒺藜一見昊天鏡，便知道情形不妙。

他的「丁甲神鏢」喀裂裂一陣連響，寸寸斷折。

他的鐵蒺藜也開始倒射而至！

張五用「昊天鏡」和「春秋筆」，把鐵蒺藜打得狼狽不堪，可是他也沒閒著。

因爲英綠荷悄沒聲息的掩過來，手上的鐵如意，已敲在鏡背上！

英綠荷並沒有向著「昊天鏡」正面下手，因爲她知道「軒轅昊天鏡」能把任何在鏡面中反映的事物反射回去。

她往鏡背下手。

「乒！」內力透擢，鏡面碎裂！

「軒轅昊天鏡」毀！

張五怒吼一聲，「春秋筆」追刺英綠荷背門！

英綠荷急於要一舉毀去「昊天鏡」，背後難免防疏，但她突一揚手，撒出一條五彩錦帕！

張五一見絲巾，知道是她的獨門迷魂香，急忙把筆勢一收，驀地飛掠向棺材處！

他本與鐵蒺藜和英綠荷交手，突然撒手就跑，鐵、英二人不禁一呆，正待追擊，倏地劍光一寒。

戚少商已向他們攻出一劍。

只是一劍。

兩人都覺得這一劍是攻向自己的，兩人都急忙退避、躍開。

不但他們有此感覺，連狐震碑與龍涉虛也不例外。

戚少商那一劍劈出，也像是向他們而發的。

他們也急忙招架、閃躲、還擊。

他們原是跟戚少商纏戰，但七、八招下來，他們已被引進二十來步，變成轉到張五與英綠荷及鐵蒺藜的戰團來了。

張五一跑，戚少商的劍就補了上去。

鐵蒺藜與英綠荷要應付戚少商的寶劍，已無及追截張五。

戚少商以一把「青龍劍」，獨力纏住龍涉虛、英綠荷、狐震碑、鐵蒺藜四人！

他出劍不多，但每一劍，都似攻向四人。

一劍當然不可能連攻四人。

可是誰也無法斷定他攻殺向誰。

所以四人只有都先求自保。

張五卻全力往棺材奔去。

劉獨峰已在半空搶攻七次，都搶不進棺槨裡去。

張五奔近，未待那四名藥人出手，一伏身，解弓搭箭，「颼」地射出一箭！

其中一名「藥人」伸手一抄，抄住箭身，但金箭依然疾飛，他的右腕卻被銳力撕斷，黏在箭上，直射在棺上！

這一箭之力，竟把棺木洞穿，自棺木另一面穿破出去，那「藥人」的手，被棺木撞得直飛了起來，棺裡也發出一聲厲呼！

同時間，棺材起火。

火勢極盛，一發不可收拾。

這時，一張黑袍，陡地自著火的棺材裡飛騰而起！

張五的「后羿射陽箭」一擊得手，張弩瞄準黑袍，欲發第二箭！

劉獨峰的青紅雙劍，立時與黑袍鬥了起來，空中鬥得飛砂走石，下面燒得火舌騰天，張五只見紅光綠芒，夾著黑影飛展倏掠，一時抓不定準兒，搭箭凝神，遲不敢發。

那四名「藥人」，仍背著焚燒的棺材，不曉得放下。

連那名斷臂的「藥人」，也全無動靜，斷腕處，只淌落乳狀膠汁也似的液體，而全無血污，想是九幽老怪全力應戰，已來不及向這四人發號司令了。

兩人在半空交手，足下不住點到四名「藥人」頭上藉力，四人也全不規避。光影交錯，風嘯雷作，張五只見有幾滴鮮血，自四名「藥人」的頭上滴落。

——在空中的兩人，必有一人淌血。

張五這樣一想，越發焦急，生怕劉獨峰負隅，想予臂助，但在激烈交戰中又分不清誰是誰，拉滿了弩卻不敢發箭。

九幽神君的幾名弟子知道這是生死關頭，全面衝出戚少商的劍網，可是戚少商在這個時候也把他武功劍法的韌力，發揮得淋漓盡致。

如果他不是獨臂而且受傷，他每發一劍，都能令眼前四名敵手有承受百劍千劍的壓力。

但在狐震碑、龍涉虛、英綠荷、鐵蒺藜而言，戚少商每一劍仍有萬鈞之力。不過戚少商只有一條手臂。

他的內外傷都未痊癒。

三人集中攻他的斷臂，鐵蒺藜拉遠了距離，施放暗器。

戚少商全身化作一道青龍。

怒龍。

他知道這四名敵手的目的。

他絕對不能讓這四人衝過去，夾擊劉獨峰。

他已把堅守這一道防線，當作保衛他的性命一般重要。

他決不能讓敵人越雷池一步——這樣才可以使劉獨峰全力對付九幽神君。

這樣劉獨峰才有希望解決九幽神君。

大凡對敵的時候，默契調配與齊心協力，有時候比個人的勇氣和武功更重要，劉獨峰、戚少商、張五，雖然以寡擊眾，但彼此的心意卻是一般的、步調都是一致的。

狐震碑、英綠荷，鐵蒺藜、龍涉虛四人心裡雖急，但亦不能馬上衝破這道緊密的防線。

張五這時已走得很近。

半空的激戰已成了嘯嘯的劍風和滾滾的雷動。

那四名「藥人」，依然目光呆滯，愣立不動，他們肩上還托了具焚燒的棺材，甚至連抬棺的木擔都已開始燃燒，他們亦似全無所覺。

張五決定發箭。

這時，劇戰中青紅二芒遽然大增，只見一道黑旋風也似的魅影急捲直升，張五大喝一聲，撒手放箭！

箭風如萬雷！

箭如一電！

驀地，一個透明的、橢圓形、無色無味的大泡泡，冒了上來。

箭射穿了泡泡，但卻穿不出來。

張五喫了一驚，四名「藥人」中的一人，臉上突然有了表情。

他手中有一支吹泡泡的竹管。

他的竹管往張五眉心穴就是一刺。

張五離這「藥人」本近，不虞這一著，說時遲，那時快，根本避無可避，陡聽一聲長嘯，風雷之聲大作，在劍芒疾閃之刹那，那「藥人」眼神一碧，抽身急退！

急退之際，還飛起一腳，把一名「藥人」踢向風雷劍光之所在。

劉獨峰從上擊下，及時救了張五，放過了與九幽神君生死之戰，但不忍傷殺這神迷智喪的「藥人」，猛將劍氣一收。

黑雲又落了下來。

黑雲貼俯在那名吹泡泡的「藥人」背上，同時發出一聲急哨。

剩下兩名「藥人」，立即置下燃燒的棺材，把背上的油袋一開，往地上就是一潑一撒。

地上立時流著又青又藍、污穢粘腥、漿糊嘔渣般的膠液，向前流來。

姑不論這些粘漿似的嘔心穢物是否有毒，但劉獨峰整個臉色都變了。

他緊緊地握著劍，雙目盯住那蜿蜒流來的穢物，臉肌被火光映得抽搐不已。

劉獨峰身居高堂華廈，封官世襲，一向養尊處優，錦衣繡服，而且確有過人本領，德高望重，幾時受過這些長途跋涉野宿山行的苦？何況他小時家族曾被人誣害，被囚在天牢一段時候，在那光景裡的經歷，使他對污垢不潔的事物感到末日危途式的畏懼，這一路來，他已經竭力擺脫過去的陰影、心裡的障礙了，可是這一灘污穢事物一潑流過來，他真的不知如何應對是好。

他的「風雷劍法」一向是居高臨下發劍，便是要凌空虛刺，制敵後足不沾地，面回到座上轎中；他連平常的泥地也不願意踏踐，更何況這一地穢物！

劉獨峰空有一身本領，卻無從施展！

張五機伶，叫道：「爺，馬車！」

劉獨峰一跺腳，向後一竄，掠上了馬車。

跟戚少商交手的四人，突然散開，往四個不同的方向倒縱而去。

戚少商本來全力攔截四人，卻不料這四人驟然撤退，一時倒也追擊不及。

劉獨峰人在馬車上，見九幽神君的四名弟子如此進退有度，急叱：「別追，小心有詐！」

只見「泡泡」背上那面黑布高高隆起，像有什麼事物正在裡面蠕動一般，又似有什麼生物正在裡面痛楚掙動一樣，並傳出一個鬱悶的聲音，道：「劉獨峰，我的瓊液仙漿沾不上你，你的火箭也燒我不死！你夠狠，我們就在石屏鐵鱗松處，恭車候教！」

劉獨峰揚聲道：「要分生死勝負，在此便可，何庸費事！」

「泡泡」等那面黑袍的話說完，撒腿就跑，劉獨峰雙劍一交，正欲長身掠起，越過穢物，追擊九幽神君，驀見黑袍裡「嘯嘯」二聲，射出兩道黑漆漆的事物，「拍拍」各打在剩下兩名神志呆滯「藥人」的背心上！

兩名「藥人」一齊狂叫一聲，躬俯地上，用手捏起污穢漿膠，往劉獨峰等身上就是亂潑！

這一下子不但劉獨峰至為震驚，連戚少商都甚為狼狽。

劉獨峰叱道：「快入車來！」

戚少商、張五飛掠上車，劉獨峰身子一縮，縮入車縫內，縱有污水潑來，只濺及車篷，不會沾到他們身上。

可是戚少商在半空一抄，已拏來張五背上的「后羿射陽箭」，人方落在馬車上，回身單手發箭，「哄」地一聲，箭過半空，亮如金陽，一箭連透二藥人胸膛，再飛射「泡泡」。

這一箭之威，在戚少商手中使來，又比張五施用時高出許多。

可惜，「泡泡」已趁那一瞬之隙，逃入林中，「射陽箭」連折數樹，才釘入一塊巨岩之中。

劉獨峰叱道：「我們追他去！」

張五一策絲韁，雙駿齊鳴，放蹄馳去。

戚少商不管穢物有無毒質，揮劍把車篷外沾上污水的地方一一削去，一面道：「不怕有詐？」

兩旁景物呼呼飛馳，樹木迎奔，劉獨峰深深地吸了一口氣，道：「我跟九幽老怪交手，本來誰也沒占誰的便宜，但小五子的那一射，射得適時，老怪著了一下，才中了我一招，傷上加傷，不過我要救小五子，來不及殺他，但此時老怪負傷甚重，此時正是殲滅他的最好時機，不能放過。」

張五聽自己立了大功，自是喜上心頭，一面趕車，一面大聲道：「幸有戚寨主截住四人，否則，我也發不了箭！」

劉獨峰一面觀察地形，一面道：「你別得意忘形！泡泡在你眼前，你還懵然不知呢，要不——停！」

馬車軋然而止。

一旁是巉岩陡峭，壁立千尋。

另一旁是山深菁密，松濤怒風，看去濃蔭匝地，月色掩映下，略見松林鐵鱗虬鬍，半枯半茂，荒道上，有一輛冷沉沉、鐵鑄也似的轎子，殭屍似的矗在路中。

劉獨峰、戚少商、張五一齊感覺到一陣迫人的寒意，自這深冷的轎子裡隱隱浸透出來。

六九　青紅雙袖黑影子

一邊是峭壁千仞，屹立如削，崖下溪聲急湍，隱約可聞，卻不知有多深多遠。

那一邊是參天古松，藤蘿密繞，牛腰般粗大的枝幹，栲栳般粗的槎枒，掛滿流蘇般的藤葛。

月色溶溶，那一頂怪轎，仍靜寂寂、黑漠漠的，全無動靜。

馬車裡的三個人也靜了下來。

松風陣陣。

溪水潺潺。

一二聲馬蹄踏地輕響。

馬車，轎子，就僵在這斷崖松嶺上。

又隔了半晌，劉獨峰才開口道：「九幽老怪，你又何必在此時此地還裝神弄鬼呢！」

忽聽轎子裡一個年輕而負痛的聲音道：「你是誰？快叫潛入松林的人止步，不然我就不客氣了！」

這句話使劉獨峰爲之一愣。

正在自巖壁滑貼入林，再自密松上移枝渡幹，準備在劉獨峰吸住對方的注意力時，作首尾相應的突襲的戚少商，也爲之怔住。

轎內的人已經知道他的舉動。

可是聽剛才那一句反問，轎內的人難道不是九幽神君？

——九幽老怪的語聲千變萬化，誰也不知道哪一個聲音才是他的真正聲音，可是，剛才的語音，卻恁地熟悉！

劉獨峰問：「你是誰？」

轎內人語音忽顯驚異：「林內的人是不是只有一條胳臂？」

戚少商一時也不知答好，還是不答的好。

劉獨峰冷笑：「你這是多此一問！」

轎內人道：「我不是多此一問，我只是從他的步法中聽出他上身左邊虛乏，故才有此問。」

這人頓了一頓，又道：「如果他是獨臂，又有此功力，那就一定是戚寨主無疑。如果他是戚兄，那麼，閣下就想必是劉捕神了！」

劉獨峰一震，乍想起一人，道：「無情！」

轎人語音悲酸，也喊：「劉大人！」

劉獨峰禁不住道：「你不是受傷了……？」

無情忿聲道：「九幽老匹夫……他使詐，我——！」

劉獨峰掀開布帘，走出車外，停住遙相問道：「賢侄，你……可不可以出轎來一趟？」

無情喚了一聲：「鐵劍。」

只聽轎後緩緩地走出一個紮辮梳髻的幼童，悲聲道：「公子。」

無情說道：「把我的印鑒，交給劉大人。」

劉獨峰道：「無情，你這是——」

無情截住道：「劉大人，我雙腿早廢，此際雙手又斷，生不如死，也不想讓人見到……我這個樣子，只求大人把我的印鑒轉呈諸葛先生，就說無情已……有負他老人家厚愛……」

說到這裡，竟說不下去。

劉獨峰戚然道：「賢侄，你切莫這樣想……」

那劍僮這時已鑽進轎裡，不一會又閃了出來，他身形雖小，行動卻有些僵滯，可能是因身上也受了傷之故。

他手上拿了一方事物，雙手捧著，低首前行。

張五一撒絲韁，躍下車轡，道：「爺，讓我來接。」

劉獨峰點頭道：「去呀！賢侄，這個仇，我一定會問九幽老怪討個公道，這件事，你還是跟我一道返京、跟諸葛兄稟明再說，千萬不要懷憂喪志，遂了九幽老怪的野心！」

無情悲憤地道：「劉大人，你想想，一個人，四肢全廢，活下去還有什麼樂趣？」

這時，鐵劍已經把手上的印鑒，交到張五的手上。

張五接過印鑒，突覺手心涼，寒颯颯的感覺十分特異，詫道：「這是什麼東西……」張開手心一看，「印鑒」竟只剩下一灘黏黏的液體！

張五大吃一驚。他原本早有防備。劉獨峰那一句「去呀」，已經是提醒他「小心防範」的暗號，要不然，平常劉獨峰會說「去罷」或「好」。張五有提防鐵劍倏然出手，但萬未料到握在手裡好好的一枚印鑒，竟成了幾滴水，見熱就鑽，已全吸入張五的掌心裡！

張五只覺全身一寒，機伶伶的打了一個冷戰，再想說話，舌頭與牙齦已糾結在一起，半個字也說不出來。

鐵劍陡然出手！

劉獨峰即已警覺，怒叱一聲：「你幹什麼!?」

鐵劍雙手已按在張五兩肘上！

張五全身僵硬，動彈不得，鐵劍一觸他雙肘，五指揮動，彈了幾彈，又迅速向他雙腿關節處按去！

劉獨峰長嘯一聲，全身衣袂如吃飽了風的帆，青劍凌空虛發，劍氣破空而至，挾著隱隱雷聲，越空銳斬「鐵劍」！

「鐵劍」雙目盡碧！

本來好好的一個小孩子，突然間，雙目盡碧，暴射妖光，而全身骨骼也陡然長了起來，他口中呼嘯有聲，雙手已按住張五的膝部。

在這緊急的關頭，「鐵劍」的舉動無疑十分不合常理！

劉獨峰的劍鋒已當頭斬至！

「鐵劍」身形暴長，雙目綠芒一如劍光般寒厲！

劉獨峰從「鐵劍」的瞳仁中乍見一道紅色的布帛，已向自己的後頸迅速無聲地伸掩而至！

劉獨峰半空換氣，陡地拔起，鐵鷂翻身，月影橫斜，劍光回切紅布，但就在他整個姿勢在半空中作極大變化之際，右足同時踢出，凌空飛蹴「鐵劍」額頂！

劉獨峰身形陡變之際，紅帛一折，已把「鐵劍」攔腰捲起，迅速至極地抽回轎車中。

紅布雖收得甚快，到了半途，白影一閃，戚少商已一劍斬下！

突聽到劉獨峰怒叱道：「小心！」他已仗劍攔在張五身前，原來在他鷂起兔落的刹間，左手已跟「鐵劍」過了三招，把「鐵劍」本已到手的「春秋筆」奪了回來，那劍光回斬，是抵禦紅布突襲，飛足蹴踢，其實是對「鐵劍」作扭轉乾坤之一擊：他算準轎中人會救「鐵劍」，他便可以護住張五。

紅布果然捲走「鐵劍」，但「春秋筆」已被他奪回！

他喝得一聲，戚少商乍然發現，一條綠巾，已像寒蟒出洞般，無聲無息地掩切而至！

他要斬斷紅布，腰身也得被綠布切為兩截！

戚少商把心一橫，「一飛沖天」，往上拔起，「一意孤行」，人劍合一，

「一落千丈」，陡然驟沉，「一往無前」，半空迎著綠布折射而去！

他決意以馭「青龍劍」無匹劍氣，力抗那一面既似光芒又似布帛的事物！

劉獨峰一見，再不遲疑，彎弓搭箭，「呼」的一聲，只見一道極爲燦目的金火流光，自劉獨峰手上疾溜而出，凡所過去，金光奪目，強勝白晝！

轎中突然飄出一條黑影！

這黑影一出，青紅二帛，立即疾縮了回去，戚少商那馭劍一絞，擊了個空，忙斂神落地，只見轎前一道黑影，用左半身綠色右半身紅色的袖子一合，已把金光抓在綠布紅袖黑袍裡！

劉獨峰怒叱一聲：「開！」這一聲真有移山動地之威！

只聽「轟」的一聲，萬道金光竟然自紅、綠、黑中炸了開來！

這一炸，轎車立即軋軋催動，急馳而去。

劉獨峰已彎弓搭上另一支金箭，但這已是最後一箭了，因無法認準目標，一霎眼間，轎子已隱入松林之中。

劉獨峰跺足道：「又給他逃去了！」

戚少商疾道：「爲何不追？」眼睛瞥處，只見張五目光呆滯，神志迷惘！

戚少商道：「他——」

劉獨峰道：「抱他先上馬車，老怪已一傷再傷，此時不誅，留著禍患！」

說著，一手抄起張五，如鷹隼搏兔，飛掠上車；一策繩韁，策馬追去。

戚少商知道自己可施展輕功，追躡轎子，但張五情形不妥，而劉獨峰甚懼污物，九幽老怪的弟子又擅放穢物，是以絕不便棄車！

追得一陣，只見松林漸密，松蔭所蓋，風入林間，高吟低哦，各種巨松，不同形態，有的如蒼龍攫海，有的如獨釣寒江，有的如群魔伸爪、穿雲拿月，有的如丹鳳朝陽、岸然獨立；而路徑至此，側分作左右中三道。

戚少商風馳電掣，打馬過去，選擇了右邊有轎痕的一道追去！

忽聽背後車內的劉獨峰道：「你佯作未見，繼續前駛。」：

劉獨峰這樣一說，戚少商仍然控轡前駛，但不禁多加留意，驀然發現，一棵數人尚不能合抱的巨松椏槎上，有一項黑忽忽的事物！

如果不留意細看，這掛在樹槎上的事物，很容易便被忽略過去了。

戚少商運足目力看去，雖樹影沉沉，但依稀仍能分辨得出，那是一頂轎子。

轎影正隨松風飄幌，跟松影恍惚交揉在一起。

戚少商心道好險，若果自己一時不察，策馬掠過，轎子裡的人從上狙襲，只怕難以防範！

說時遲，那時快，馬車已在那株巨松下馳過！

突見一道青光，自馬車裡疾掠而出，飛射向松頂，直取掛在樹上的轎子，劍風夾著悶雷之聲，剎那間掩沒了一切山嵐雜響。

戚少商心中喝了一聲采！

劉獨峰是以其人之道反治其身，在對方以爲自己方才中計落入陷阱之時，攻他個措手不及！

這一劍，顯見劉獨峰是全力施爲，只許成功，不可敗！

劍過蒼穹！

劍氣掠空！

劍意振出了殺氣！

殺氣逼止了疾奔中的馬車。

馬長嘶。

人怒叱！

一聲慘呼！

一人自半空摔落下來！

白影在樹上一閃，一時間，好像下雨一般的聲音，細、碎、而急、疾！

那瘦小的身形，已然落下，剛好掉在馬車的蓬蓋上，「砰」的一響，再彈落到馬前來。

戚少商一手接住，默運「一元神功」，凝神看去，只見一名垂髫小童，胸前一大灘鮮血。

戚少商手所觸處，心神一震：

——這是個小童！

——小孩子的骨骼！

——沒有經過易容化妝！

——九幽老怪的九名徒弟中，只有「土行孫」孫不恭是個侏儒，但孫不恭是個中年人，只是骨骼奇小而已，「泡泡」雖精於易容，形象難以捉摸，甚至通曉「縮骨法」，但肯定不會是個小孩子！

——然則這中劍落下的人確是個小童！

戚少商心中一陣茫然，這只不過是瞬眼間的事，再抬頭望去，只見那白色影子和劉獨峰已三分三合，兩條身影，均搖搖幌幌的，欲墜不墜！

戚少商覺得情形不對勁，正想大喝住手，只見頭上人影倏合又分，劉獨峰嗄聲道：「怎麼——」那白影也喘息道：「是你——」

正在此時，兩股巨飆排山倒海從松林深處而至！

一襲青袖，如流雲般穿枝越幹，飛捲而來，罩向白影！

一襲紅袖，如長蛇般迴旋起伏，疾橫切掃向劉獨峰！

拍勒勒一陣連響，那一株巨松，轉眼枝斷葉落，成爲一株疏禿禿的松樹！

戚少商策馬急移。

「轟」的一聲，那轎子驟然跌落下來！

戚少商勒住馬韁，樹枝和轎子全打落在原來馬車停著之處。

那轎子凌空摔下來，竟然未碎，但也變了形狀。

這時，月光已有一方之地可以照見。

紅袖已捲住白影。

青袖罩住劉獨峰。

奇怪的是，青紅二袖全部拉得繃直，似發出這雙長袖的人正與劉獨峰和白影子全力對抗，相峙不下一般。

青袖子不住顫動著，像有無數的青蛇在裡中蠕動；紅袖子不停的在翻動著，像千浪萬濤在裡面滾湧不已。

戚少商知道情形不妙，百忙中先把張五往車篷內一放，拔去他腰間的「春秋筆」，抽出青龍劍，劍作龍吟，一拔而起，連人帶劍，射向青袖！

這裡，紅、綠兩袖，陡地收了回去！

一條人影，半空躍起，迎面向戚少商打出一件東西。

泡泡！

◇◇◇

戚少商是「連雲寨」寨主，他未入連雲寨前，早就以文會友，以武結交，對江湖上各門各派的武功祕技，瞭如指掌。

而今他雖然寨毀子弟亡、斷臂人負傷，但他的識見反應，仍是在武林中年輕一代好手裡足以睥睨群倫的！

敵人這一手兵器——或是暗器——竟是一個似透明又似無形，既膠黏又輕盈的「泡泡」，實令他無法應付！

他第一個意念就是把這一招人劍合一的「一瀉千里」，往「泡泡」攻去，以劍氣大力攻破這無足輕重的事物！

這刹間，戚少商心念電轉，他想起張五以「后羿射陽箭」射去，但金箭卻被「泡泡」裹住，絲毫發揮不了威力。

——以「后羿射陽箭」尚且攻破不了「泡泡」，自己連人帶劍射去，豈不自投羅網!?

這時，泡泡經月色一映，竟漾出千萬道眩人心魄的幻彩來。

彷彿每一個幻彩裡，都有憧憬，都有夢幻。

誰願意親手去刺破自己的夢境？

誰忍心去終止自己的憧憬？

這一迷惚，泡泡已迫了過來。

「青龍劍」已刺入泡泡裡。

泡泡立即裂開，但迅速有一種奇異復合的魔力，裂開處自動縫合，裹住了「青龍劍」。

——人劍合一於一擊的戚少商呢？

——會不會也被吞噬在泡泡裡？

七十　誰願意負仇

泡泡已裹住「青龍劍」。

「青龍劍」劍氣使氣泡膨脹，繃緊。

但泡泡仍然圈裹住劍鋒，而且向戚少商之手臂及身子黏來。

戚少商立即撤劍！

「馭劍之術」通常都是把人的精氣神、功力身與劍合而為一，以銳不可奪之勢摧堅削抗，這是一種置於死地而後生，全力一擊，以死相搏，不惜玉石俱焚的拚命打法。

這種人與劍已為一體，人就是劍，劍即是人的招法，非功力深厚的人不能為之。一般會家子，劍是劍，人是人，是人使劍，道行較差的，甚且為劍所驅，成了劍使人。

功力較高的，確能把劍使得出神入化，但仍然是「劍法」；把劍法再融入自己的情感思想的，進而至「劍術」，不過，真正能夠把劍變成了自己，劍在人在，劍亡人亡的，才能激發出劍的全部銳氣和人的全部潛力，二而爲一，是人劍之極限，這叫「馭劍之術」。

不過一旦「馭劍」，便難分難解，一旦劍毀，人也不能卵存。

戚少商的青龍劍，已被泡泡裹在氣圈之中，眼看他自己也得被罩了進去。

可是戚少商居然能及時棄劍。

他能「馭劍」，但更進一步，又也到劍仍是劍，人仍是人，人的元氣與劍的精華合一出擊，但念動形分，一旦遇危，人仍可離形歸神，人與劍分！

——劍是劍，人是人。人以劍禦敵，劍若不敵，人何必亡？

戚少商一撤劍，身形便落了下來。

他只有一隻手。

他撤劍的時候已抄出「春秋筆」。

春秋筆在泡泡的未完全癒合的底部裂縫上一劃！

青龍劍雖被吞裹，但銳氣過處，泡泡仍裂了一道隙縫，正在迅速合攏中。

春秋筆這一捺割，泡泡就裂開了！

戚少商以春秋筆配合，破了這一個奇異的「泡泡」！

泡泡一破，忽聽一個女音哀呼了一聲。

松影婆娑裡，一個瘦小的身影閃幌了一下，戚少商人在半空，驟落下來，就在他破泡泡之後，足未沾地之際，頭上松頂突然爆出一聲極大的巨響！

這聲音像千魔萬魅，被一陣旋風捲去似的，戚少商猛抬頭，只見一個巨大的黑影子在樹梢間一抹而過，這影子的左右兩側，像一對羽翼，一青一紅，青得令人心寒，紅得令人心悸。

而那瘦小影子，也隨這魔影緊躡而去。

幾乎是在同一剎那，四個人，自四棵齊排的松樹上落了下來。

這四人凌空躡虛，拔步飛渡，直向那棵枝散葉落的凌霄長松逼去。

只見巨松上一處盤根虯結的枝幹交搭之處，一左一右，端坐著兩個人。

趁月色一張，那兩個人，一個便是劉獨峰，而另外一個，竟是無情！

「四大名捕」之首：無情！

戚少商心神一震。

他已經可以感覺到劉獨峰和自己做錯了些什麼無可補救的事，可是在這緊急關頭他已無暇多慮。

他長身攔在松樹下。

那四個人互覷一眼，扇形地分了開來，仍逼步前行。

那四個正是：

龍涉虛

英綠荷

鐵蒺藜

狐震碑

九幽神君的四大弟子！

戚少商仗劍攔在松樹前。

任何人要靠近松樹，不管飛天遁地，都得先經過他的身子。

那等於是先要問過他手中那口寶劍。

戚少商心中非常清楚，這局面顯然是：九幽老怪費盡心機，假意逃走，引劉獨峰追趕，而把無情的轎子誤作敵轎，出手殺了無情的一名近身劍僮，無情含忿反擊，與劉獨峰互拚重傷，才發現竟是對方，但九幽老怪趁機驟下殺手，把二人擊至重傷，恐怕一時三刻兩人都難以復元，也不能再戰的，至於九幽老怪，似也在劉獨峰與無情合力反挫之下，吃了大虧，已跟被自己劍筆攻破的「泡泡」避遁而去，而這四名凶神惡煞的九幽老怪之弟子，便是要留下來取劉獨峰、無情和自己及張五的性命！

戚少商決不容人取自己的性命。

他還要活下去，活下去報仇。

只有從來沒有真正嘗過仇恨的人才妄口胡言：何必報仇、何苦報仇！戚少商當年能大度容人、吸收精英、結納賢能，但待他真正身歷血海深仇之時，便知道世上有些仇，你要想不報、設法要避掉，也甩不開、避不掉的！

——戚少商何嘗希望有一天自己竟成了「復仇」的代號！

——他何嘗不想容人、忍人、恕人！

可是他現在若不揮劍自衛，還有什麼路可走？

他不截斷來敵的去路，他自己可有退路？

沒有負仇的人是不會瞭解身負深仇的人之忍痛、無奈，不會懷仇的人是幸福而幸運的，但不可就此揶揄譏諷記仇的可憐人！

——誰願意有仇？

——誰希望記仇？

◇◇◇

戚少商觀形察勢，他不能落在這四個惡魔的手裡，而且也決不能容人加一指於劉獨峰與無情！

——劉獨峰是扣捕押解他的官差。

——無情是促使他被捕的禍首。

——可是他們是兩條好漢，戚少商決不能讓他們落在這些惡徒的手上。

他可以逃走。

此刻這四人似乎志在劉獨峰與無情，他一旦逃跑，對方頂多只能分出兩個人來追擊！

四個人他恐非其敵。

兩個人則好解決。

可是戚少商不能逃。

他不能以一條胳臂帶三個傷重的人走。

劉獨峰、無情、張五……無一人不是身受重傷，連生死都未有著落的。

他只有咬牙苦拚。

狐震碑、龍涉虛，鐵蒺藜、英綠荷交換了眼色。

——今晚能殺劉獨峰、無情、戚少商，在師父面前就是大功一件，而且，也是件轟動天下的大事！

——不過，要殺劉獨峰和無情，就得先除掉眼前這個戚少商！

戚少商橫劍立在樹旁，月光下，獨臂凌霜，大有一夫當關、雖死不悔的神貌。

英綠荷笑嘻嘻的道：「戚寨主，你一個人，我們四個人，劉捕神和無情大捕頭已被我們師父傷得奄奄一息，束手待斃，我看你還是乖乖的投降，省得再作無謂的頑抗了。」

戚少商淡淡地道：「這一路來，大概走了兩千里路，很少有以一敵四的局面。」他頓了一頓，接道，「通常我都是以一敵十，以一擋百的。」

英綠荷看見戚少商落拓但瀟灑、負隅但傲岸的樣子，心中著實愛煞，很想兵不刃血的把他收服，恣肆縱情一番，便道：「你看我們師父的神威，劉獨峰和無情現在不是被打得泥塌散的人像似的，端在樹上動也不能！你能將我們的小師妹泡泡兒的法寶毀掉，足見高明，朝廷既視你爲禍害，非要抓你正法不可，你又何必護著這些狗衙差、臭捕頭，過去一劍把他們殺了，投誠於我們，我跟你向師父說情去，說不定他老人家心中一樂，把你收爲小師弟也不一定哩……」說著，自己嘰嘰咕咕的笑了起來，笑得花枝亂顫，水眼兒眯成一線，俏俏勾瞄，也確是媚人。

戚少商低首凝視手上劍鋒，道：「令師武功高強麼?他狼狽遁去，恐怕傷得不比樹上的兩位輕罷？」

英綠荷粉臉在冷月下變得更白，道：「戚少商，你這是非討死不甘休了？」鐵蒺藜冷笑道：「跟他囉嗦什麼？他無非是要拖宕時間！」

英綠荷小臉一揚，「你等什麼？劉獨峰和無情捱的是我師父的『空劫神功』，功力愈高，受傷愈重，他們怎復元得了，張五中了小師妹的『摩雲攝魄』，嘻，斷回復不了，你等救兵？白等了！」英綠荷的面貌姣好，雖不是花容月貌，但一副天真未泯小女孩子的模樣，然而說起話，腰肢擺個不定，聲音也低沉濃濁，這倒似是秦淮江畔老於經驗的風塵女子才有的舉止。

戚少商看了她一眼，突然覺得一陣昏眩。

不知怎的，英綠荷膚色的白，使人立即冒起一種邪想：很想撕剝掉她的衣衫，看她衣衫裡面的身子，是否仍一樣細嫩白皙，直似捏得出水來。

戚少商知道對方正施展邪術，立即不去看她。

他看劍鋒。

劍鋒驀地透綠了起來。

「一元神功」已逼入劍身之中。

英綠荷陡地笑了起來：「看我呀，怎麼不敢看我？」

龍涉虛忽吼了一聲：「跟他多說什麼！我殺了他！」

狐震碑冷沉的睨了他一眼，道：「我還沒有下令，你急什麼！」

狐震碑的輩份在同門中要比龍涉虛高，龍涉虛一時無法說下去，狠狠地一腳踹去，一棵小松樹，竟給他一腳踢斷，轟然而倒！

狐震碑冷笑道：「你這算是不服？忘了師父的吩咐？」

龍涉虛一聽「師父」二字，趕忙強忍怒氣，不敢多說二字。

狐震碑雙目閃著豺狼一般的光鑠，向戚少商拊掌笑道：「戚寨主，以德報怨，人要鎖你斬首，你仍護主心切，了不起，了不起，了不得！」

戚少商笑笑不語。

狐震碑道：「你真的要以一敵四？我是在顧全你啊！」

戚少商一哂道：「剛才在下沒你的顧全，一樣曾經以一敵四。」

狐震碑臉上殺氣一閃，反退了一步，道：「好，」頓了頓，又說，「破轎子裡的人，滾出來！」

他一語未畢，七道溜煙，已從他身旁的鐵蒺藜手上疾射出去！

鐵蒺藜這一出手，暗器入轎，卻如泥牛入海。

然後，月色下，只見一矮瘦的身軀一溜煙似的閃了出來，蜻蜓迴氣似的掠了前來。

一個梳髻紮辮的小童。

戚少商與他一照面，只見這小僮骨骼清奇，目靈眉清，但滿臉淚痕，一臉悲憤的樣子。

戚少商跟他這一朝相，特別看個清楚，對方是否真是個小懂，小僮一落下地來，看見伏在馬車上的小僮屍體，就嗚咽起來。

這一下留意，知道絕非易容，決非花假，只見那流淚的小僮向戚少商一揖，道：「戚寨主。」

戚少商遲疑道：「你是……」

那小僮烏靈靈的眼睛霎了霎，揩掉臉上的淚珠，向戚少商道：「戚寨主，你不必疑慮，我們在思恩鎮安順棧見過，當時，公子以爲你是巨寇惡匪，倉促間出手助劉爺把你擒下，後來聽一眾英雄好漢說你的種種事跡，心生仰慕，自告奮勇，要趕來把你從劉爺手上救回……豈知劉爺一上來，就下了殺手，把我的小兄弟殺了，也重創了公子，完全是……」說著又哭泣起來。

戚少商看了心中難過，道：「你不要哭。」

英綠荷笑道：「他害怕嘛。」說話時一雙眼睛還是勾著戚少商瞧溜。

不料英綠荷那句話一說，小僮手中多了一把銀色小劍。

銀劍一掣在手，劍尖已到了英綠荷的咽喉！

英綠荷喫了一驚。

她知道無情身邊的四名劍僮也自有過人之能，但萬未料到出手竟如此快、狠，而且話也不打，便出殺手。

何況，英綠荷見得在月色下、禿松前的戚少商，志高倜儻、傲岸不群的樣子，早已心神酥了半爿，銀劍這一刺，她幾乎躲不開去。

狐震碑冷眼旁觀，英綠荷對戚少商另眼相看，早已妒火中燒；龍涉虛則早已暴跳如雷，恨不得把戚少商大卸八塊，倒沒注意銀劍會猝然出手！

連戚少商都沒料到銀劍會驟施殺手！

英綠荷心神一慄，腳步倒踩，一逸丈餘，銀劍急縱而出，食指一按，「崩」

的一聲，劍尖飛脫射出，仍然飛釘英綠荷的喉嚨！

正在此時，「嘯」的一響，一枚拳頭般大的鐵蒺藜，飛旋而到，後發先至，擊在劍尖上！

劍尖一盪，銀劍僮子幾把握不住，脫手飛去，忙把銀鍊一扯，穩住身形，可是英綠荷這時已發出一聲厲嘯。

只見她髮雖不長，但散披在臉上，髮尖上打著好些環結，用彩線束著，她已拔出一支鐵如意，夾著厲叱，猱身搶上，往銀劍僮子頭上、身上，狠命的打擊下去！

戚少商一見，便知英綠荷動了真怒。

他怕銀劍遇危，剛要上前，狐震碑叱道：「上！」

鐵蒺藜伸手一揚，五道暗影直射入馬車內！

暗影從車篷而入。

只聽一聲慘哼。

戚少商眥睚欲裂，怒吼：「張五！」

狐震碑已一溜煙似的直掠上松樹。

他的目標是劉獨峰和無情！

戚少商正要上前攔截，龍涉虛已像一座山似的壓了下來。

他全身脹紅，臉如巽血，全身像吃飽了風脹滿了氣的紅帆鼓革，又似一雙鼓著氣的白蛤，向戚少商攔腰就是一抱！

七一　劫後重逢

戚少商又急又怒，身子一閃，龍涉虛已摟了一個空。

戚少商正要飛身掠上半空，攔截狐震碑對劉獨峰與無情下毒手，可是龍涉虛一扭身又撲了過來！

戚少商換步移位，在急切間仍能拿捏極準，他一搶得空隙，正擬急掠而起，對方再要攔截，除非是不要命了。

龍涉虛看來真似不要命一樣。

戚少商一咬牙，劍鋒游電般刺出！

劍刺在龍涉虛胸膛。

人已被龍涉虛攬個結實！

戚少商馬上發現了一個事實。

那一劍猶如刺在銅牆鐵壁上。

當龍涉虛抓住戚少商雙肩的時候，戚少商在還未被對方扯過來之前，刺出了三劍！

肚臍、心窩、咽喉！

這是一般武林高手練硬門氣功的三處死門！

龍涉虛高大魁梧，戚少商上身給他扳住，要刺他臉部，並不容易。

戚少商只有急取這三個要害。

三劍俱命中！

三劍皆白廢！

龍涉虛已按住戚少商，把他的身子拉了過來，戚少商已經感覺到左臂創口奇痛攻心，而全身骨骼抵受不住那巨大的壓力，發出陰鬱的悶響。

戚少商這才知道：鐵蒺藜擅施「鐵蒺藜」，龍涉虛則練成了「金鐘罩」！

——在武林中，這種刀槍不入的硬門氣功，大致可分：「十三太保橫練」、「鐵布衫」、「童子功」、「金剛不壞禪功」、「金鐘罩」五大類。

練這種武功的，付出的代價十分慘痛。

「童子功」要以童子之身方可完功，故龍涉虛練的不可能是「童子功」。「金剛不壞禪功」是佛門正宗。「鐵布衫」是這一類硬氣功的入門，決抵擋不住「青龍劍」的鋒銳；「十三太保橫練」，混身似銅牆鐵壁，但仍怕攻擊穴位，而今龍涉虛不懼鋒利無比的青龍劍刺戳穴位，練的必然是「金鐘罩」！

練「金鐘罩」的人不易讓人找得到他的罩門！

◇◇◇

戚少商被龍涉虛摟住之前，仍做了一件事！

他雙指一彈，把「青龍劍」化作一道青龍，飛掟狐震碑！

這一記，他是早有準備的。

——龍涉虛既敢和身撲來，對他手上的利劍視若無睹，自然就有制他之法。

他自己縱不能脫身，也一定要阻止狐震碑下辣手！

劍脫手，他手腕一掣，要拔出「春秋筆」。

可惜他只有一隻手。

龍涉虛已用力抱住他，正運「金鐘罩」的活門氣功要把戚少商全身的骨骼震得節節碎裂！

戚少商因分心而先勢盡失，只有強運「一元神功」力抗！

就算在這緊急關頭，他仍是分心。

分心於樹上無情與劉獨峰的安危。

分心於與英綠荷困戰「銀劍」的生死。

分心於在馬車中張五的存亡。

分心讓他更感絕望……

他的劍甫一擲出手，鐵蒺藜就迎空飛追！

他在半空追上了劍，一兜腕把劍抄在手裡，一個空翻，邊笑道：「好一把劍，謝了！」

人又落回馬車旁，正在仔細把玩手上的青龍劍。

狐震碑飛身上樹，冷笑道：「捕神劉獨峰、名捕無情，你們也有今天！」說著緩緩推出雙掌。

他以「隔空破山掌」遙擊二人，心中也著實對二人的聲威存有懼意，縱明知二人受傷極重，決無抵抗之力，但他一向謹慎小心，仍不敢貼近於這兩大高手，以免冒險。

他一面發掌，一面防著劉獨峰與無情的反擊，也提防戚少商的攔擊。

戚少商果然出擊！

他飛劍投來！

狐震碑一見來勢，立時收掌，心忖：久聞戚少商有一柄「青龍劍」，先奪下來也算撿了個便宜。

沒料半途殺出個程咬金。

鐵蒺藜把劍截去。

他素知這一干師兄弟們的脾性——誰得了好東西，決不讓給任何人！

他心中暗恨，只好又擬推出雙掌，殺掉劉獨峰與無情，是大功一件，此大功當然是四人都有份；但這兩個赫赫有名的人是死於自己掌下，傳出去對自己日後在武林中的威名肯定有助。

他正在這樣想著的時候，驀地發現件令他詫異至極的事情：

馬車裡閃出了人影！

——張五爲小師妹所制，如同廢人，再加上鐵師弟的暗器，自是非死不可，怎麼在馬車裡還無聲無息地閃出了人影來？

——人影還不止一人！

他正待發出警告，人影已經出手。

◇◇◇

兩條人影，一左一右，左邊那名到了鐵蒺藜身後，右邊人直掠向英綠荷。

狐震碑連忙大喝一聲：「小心！」

可是就在他這一聲喝出之前，那在鐵蒺藜身後的人影已先叱了一句，道：

「看打！」

鐵蒺藜嚇了一大跳，急忙旋身！

他轉身的時候，單掌守八路，身疾後退，右手扣了七枚鐵蒺藜，隨時都一觸即發！

他一轉身，黑影就出手！

右手用食指一捺。

指頭捺在他額頂上。

鐵蒺藜空有七八種身法，十幾道殺手，但偏避不開去，施不開來，頭上已著了一指。

他只看見跟前的人，穿著厚厚的毛裘，瘦小的身子，一張削寒陰冷、雙目如冷電的臉！

他的意識只到這裡爲止。

這時他的人已經倒飛丈五，仰八叉的倒在地上，松林深處。

狐震碑正待躍下來，那人自毛裘裡伸出一隻瘦寒的白手已扣了「青龍劍」，劍尖遙指松頂，向他問：「你要繼續殺樹上的人，還是要下來殺我？」

狐震碑只覺那人一雙鬼火般的眼，使他覺得一股寒意從腳底升上頭皮。

那裏在毛裘裡的人，在對鐵蒺藜出擊之前，尙且喝了一聲，可是，那位潛向英綠荷背後的女子，可半聲不吭，一刀就砍了下去。

英綠荷卻有警覺。

那是因爲狐震碑那一聲大喝，以及她從銀劍眼中發現狂喜的神色。

她霍然回身，鐵如意横胸一架，架住一刀，星火四濺，兩人都覺臉上一痛！

英綠荷也在星火四迸的剎間，瞥見對方絕美的容顏！

對方第二刀緊接砍到！

英綠荷唯有奮臂再格！

兩人都覺臂腕酸痛，虎口痲痹，但那女子第三刀又砍了下來，一刀快過一刀。

英綠荷尖叫一聲，五指駢伸，抓向那女子臉門！

那女子黑髮披落下來，竟不閃避，反手一刀，斫向英綠荷的臉！

英綠荷本算準美麗女子都愛惜自己的容顏，想以抓毀對方容貌來逼使對自己的攻勢稍緩；不料對方根本不閃不避，不怕花容被毀，而要一刀把自己一張臉分成兩爿！

英綠荷迴臂又用鐵如意一封，星火激迸，兩人貼身近搏，臉上都被星火濺得一陣刺痛！

這時，銀劍已歇息得一口氣，挺劍刺來。

英綠荷在幾下交手後，已知道來人武功是在自己之上，決不在自己之下，眼看又加了個小靈精，心中一慌，四周一望，發現遠遠地上倒了個半死不活的鐵蒺藜，而狐震碑竟不知去了哪裡，情形不妙，心頭一慌，嘴裡尖嘯一聲，衣衫竟裂了開來！

英綠荷本來穿一身鑲繡花條子的深黛襯紅的緊袖衣裳，此際突然爆裂開來，只見上身雪白眩目，急旋之間，前後兩道晶光一閃，女子和銀劍都覺刺眼。

英綠荷鐵如意一迴，力砸銀劍天靈蓋，似非要把這幼童打得迸出腦漿來不能甘心！

銀劍雙目因烈光而無法睜開，只有一面急退、一面揮劍胡亂招架！

那女子卻低著頭、閉著目，刷刷一連三刀，往英綠荷背上直斫！

英綠荷只好揮鐵如意招架，那女子根本閉上雙目，只求貼身近搏，幾乎每一招都肘向後縮，刀尖才能刺中對手，而膝肘腕肩，猱身搏擊，無不是搶攻，連一向刁辣的英綠荷，也應付不來，只好反手一拍胸前！

原來在她裸露的上身，雙乳之間和背心，各繫了一面晶鏡，幻著七色妖彩，但有時各種異彩合成一道極強烈的白光，與她對手的人，根本睜不開眼來。

如果對手是定力較低的男子，眼中則只有她的肉體，在她的「蕩心鏡」的幻照下，早任由她擺布。

銀劍僮子不曾見過女子裸體，一見之下，已大吃一驚，慌忙閉目不敢看，英綠荷正要得手，但那個拚命的女人，卻閉著眼更拚出了狠勁！

英綠荷怪叫一聲，凌虛拔步，躍出戰團，她的樣子在月光下，像一隻白色的鳥，但又妖冶無比。

她只求速退！

她心中還在詛咒：怎麼突然殺出一個這麼不要命的女人，究竟是誰……？

忽聽耳邊傳來了一句話：「你曾在客棧裡暗算過我一記——」「砰」的一聲，背後已著了一下。

英綠荷全身一搐，但身子仍然不停，鮮血像雨花一般噴濺下來。

只聽那人仍冷森森地道：「記住了，暗算你的人是雷捲和唐二娘。」

英綠荷是記住了。

但她不敢回答。

她只求脫身。

此時她身上所受的傷，也真叫她說不出話來。

就在她逃命的時候，耳際聽到龍涉虛的一聲怒吼。

她也不敢回身相救。

甚至不敢回首。

——在九幽神君的九名弟子的觀念裡：沒有任何人的性命，比自己的更重要，甚至連最親的人都如是。

在英綠荷的心目中，她可不願意爲龍涉虛犧牲一小片指甲。

◇◇◇

龍涉虛發出慘叫是因爲他感覺到自己以泰山壓頂拏住一個軟綿綿的身子，慢慢變成了一條炙炭，那情形就像自己用力揮拳，卻打在一口釘子上一般。

戚少商見有人來援，心就定了。

他本身的「一元神功」也全力施爲。

龍涉虛好比老虎。

戚少商卻是蚤子。

龍涉虛用盡巨力，卻傷不了戚少商。

戚少商在對方回力未復之前，開始反螫對方。

龍涉虛開始發現他抱的是一隻刺蝟。

可以攻破他「金鐘罩」的刺蝟。

他一而再、再而三的發力，都攻不破對方的防線，但對方內力回吐，他忍耐不住，力道徐洩，漸漸鬆了手。

手一鬆，戚少商便拔出「春秋筆」在手。

春秋筆刺在龍涉虛的肚皮上。

龍涉虛發出一聲狂嚎。

他撒手就走。

戚少商沒有馬上追擊。

因爲他發現連「春秋筆」都未能戳破龍涉虛的肚皮，只是讓他感到尖銳的痛楚，嚇退了他而已。

龍涉虛的「金鐘罩」的確到了神兵難摧之地步。

不過，戚少商在這種凶險的情形下拔筆挺刺，力道拿捏的自然失準，否則，以「春秋筆」之銳，龍涉虛是斷斷承受不住的。

所以，這才把他驚退。

戚少商不追擊的另一個原因，是因爲他看見了雷捲與唐晚詞。

——劫後重逢，只要彼此還互相關懷，有什麼能比宛若隔世的相逢更歡暢？

唐晚詞待龍涉虛一退，就閃到戚少商身前：「嗨！」

戚少商也笑著招呼：「嗨！」

唐晚詞掠了掠髮，笑道：「別說我不過來助你一刀，你們一對一，不好幫，你只有一條胳臂，對方又跟你是同輩，我幫你，等於是同情你獨臂……你不需要人同情的對不對？」

戚少商只有答：「對！」

唐晚詞嫵媚的笑道；「你們兩個反倒沒話可說是不是？」

戚少商覺得唐晚詞那一雙明如秋水的眸子，在橫嗔雷捲一眼的時候，有說不出的風情與深情，心中突然感悟到一些事情。

雷捲仍裹在毛裘裡，臉色青白，比以前還要瘦削，還要病懨懨得多，但奇怪的是，雙眼裡的寒光，卻顯然清淡了許多了，像有兩盞微燭，把他眼裡的寒意漸漸烘暖了起來。

戚少商叫道：「捲哥。」

雷捲點了點頭。

戚少商問：「你們怎麼會來這兒的？」

自從在「毀諾城」被衝散以後，他們彼此也斷了訊，失卻了對方的消息。

雷捲說：「我們在五重溪就見過無情，後來又在拒馬溝無意中知道九幽老妖率他的徒弟們來找你們的麻煩，便盯上他們，一路上怕他們發現，不敢過於接近，今晚想掩過山神廟來通知你們，剛好趕上這一場事。」

戚少商知道雷捲輕描淡寫幾句話，就輾轉到了黃槐來，其中必有說不盡的凶險曲折，他忍不住還是問了一句：「邊兒呢？」

雷捲沒有答。

戚少商的一顆心沉了下去。

沉到底。

兩人相對，冷月無聲。

往事如風聲掠過。

唐晚詞道：「劉捕神和無情還有馬車裡的人都傷重，先救治他們再說。」

她和雷捲在九幽神君與泡泡遁走之際掩至，趁戚少商攔截四名敵人時潛入馬車內，鐵蒺藜攻殺張五的暗器，也教雷捲用毛裘盡數兜住了，並佯作中了暗器，呼了一聲，然後在緊急關頭之際，才一出手就重創鐵蒺藜、傷了英綠荷、嚇跑了狐震碑，再由戚少商打退了龍涉虛。

戚少商與銀劍以二敵四，銀劍還只是個小童，戚少商又負刀傷，對方是四大惡煞，雷捲這才肯下手突襲，但他在動手之前，還是先揚聲，不過仍把鐵蒺藜一指捺倒，至於英綠荷，原先曾在他背上敲了一記鐵如意，他也毫不客氣的一指彈碎她背上的「晶鏡」，這兩面「晶鏡」，也是九幽神君所傳，跟劉獨峰的「軒轅昊天鏡」一正一邪，功效迥然不同。

「軒轅昊天鏡」能把對方的兵器施還其身，只要映落在鏡面上，即可以映象反擊對方，疑真疑幻，不易應對；是故廖六重傷之下，仍把鐵蒺藜和狐震碑二人打得陣腳大亂。

英綠荷的「姹女攝陽鏡」，卻能將任何熱力和光芒，聚攝於鏡中，再反射出來，成為莫大的銳力，弱可迷眩對方視線，強則可割體傷人，英綠荷身體不住旋轉，甚至要脫光衣服，便是藉體內功力的一切能力，來吸取月亮的光芒，在晶鏡裡反激出去，使唐晚詞和銀劍無法睜目，她正可賴以求勝。

雷捲卻一指戳破一片晶鏡。

英綠荷既然負傷，雷捲也不施加殺手。

除非不得已，暗算傷人本來就不是雷捲的個性，何況對手是個女子。

唐晚詞則恰好相反。

她不管。

她衝出去，根本對暗算不暗算沒有觀念，她的目的是要斫倒敵人，如此而已。

這一路來，雷捲與唐晚詞生死同心，同舟共濟，並肩作戰，齊歷患難，但在性格上，誰也沒有影響了誰。

雷捲深沉含蓄。

唐晚詞俠爽豪放。

兩人性格不同──但性格不同的人，只要有量度有慧眼，反而較能相處、互相欣賞。

能在一起歷難，那也是一種幸福；戚少商看見他們雙雙掠往樹上的儷影，心中不由生起慨嘆：

——大娘，大娘。

七二 順逆神針

戚少商也飛身上樹，忽聽銀劍叫了聲：「公子！」他才發現情況比他想像的還要嚴重。

劉獨峰身上中了三把飛刀。

左胸、右胸、胸腹之間。

三柄仍嵌在胸肌裡。

劉獨峰鼻孔裡有一點點的血跡。

無情背部裂開一道口子，有一道劍傷，血已滲透白衫。

他身上並無其他的傷痕。

戚少商、唐晚詞、雷捲，掠上了松枝，銀劍卻是轉轉折折，一節一升的跟上來的，這時無情緩緩睜眼，道：「我們絕不能留在此地。」

銀劍僮子道：「是。」可是樣子很是茫然。

唐晚詞說：「我們先上馬車再說。」

戚少商有點遲疑：「可是，兩匹馬——」兩匹馬拉上七個人坐的車子，恐怕走得不快，何況這是山道。

雷捲道：「只要行過山坳，不到半里，我們有兩匹馬候在那兒。」

戚少商知道他們是爲免驚動敵人，是故棄馬欺近，正要過去替劉獨峰拔刀敷藥，劉獨峰陡地睜眼，一手按住戚少商的手，搖頭道：「不要拔。」

戚少商一見劉獨峰的目光，心中一寒，因爲那一雙一向寒芒銳蘊的眼光，此刻變得倦倦無神了。

「刀不拔，我還能彆住一口氣，上了馬車再說，」劉獨峰道，「我的傷，主要不在這三把飛刀。」

他這句話是說給無情聽的，也許是他的傲岸，也許他是要讓無情心安。

無情沒說什麼，他只是重覆一句：「我們不能留在這裡。」

唐晚詞問：「我們該到哪裡去？」

她是問雷捲。

雷捲也沒了主意：他自度決非九幽神君之敵，但不知九幽神君現下傷成怎樣？究竟要與之對抗，還是設法潛逃？

無情道：「九幽老妖還會再來，要到最靠近的人多的地方，找一處王公門第，深院廣廈去。」

雷捲與戚少商都頗感躊躇，這一帶都沒有江南霹靂堂和連雲寨的勢力，就算有，這一輪風聲傳布開去，誰敢破家相容，

劉獨峰怒道：「到郗將軍府去。」

戚少商道：「他？」

雷捲感覺敏銳，道：「怎麼？」

劉獨峰道：「這方圓數十里內，只有他那裡較恰當。」

戚少商道：「這可給郗舜才盼著了。」

無情向銀劍道：「金兒他？」

銀劍目中淚光閃動。

劉獨峰垂下了頭。

無情長吸了一口氣，「記得也要帶他一起走。」

銀劍悲聲道：「公子放心，銀兒決不會撇下金哥哥的。」

劉獨峰忽道：「我——」只說了一個字，便說不下去了，滿目都是惶愧之色。

無情低沉地道：「我們在路上再說，少停，只怕那老妖又到了。」

唐晚詞的眼睛像兩片水雲，都勾在無情處：「你沒事罷？」無情只笑笑。

戚少商和雷捲一聽，都知道九幽老怪傷得似乎並不重，心中也憂慮了起來，九幽老怪非同泛泛，若是「福慧雙修」、「連雲三亂」等，最多只能施加暗算，不足爲患，若是顧惜朝、黃金鱗，則功力相仿，只要多加提防，還可應付，獨是九幽老怪門徒既眾，武功又高，又擅妖法、奇術，稍一不慎，即成禍患，就算力拚，也不足以禦。

唐晚詞心急：「那我們還等什麼？」

劉獨峰點點頭，長身而起，戚少商攙他一把，兩人飄下樹來，直掠馬車，劉獨峰的一口氣似已用完了，在車內胸膛不住起伏，話也說不出來。

戚少商張眼一看，只見銀劍雙手把無情抱了下來，因爲他年幼力小，樹高地遠，雷捲在半途攙銀劍一把，戚少商看了心中一凜：看來，無情的傷勢，要比劉獨峰更惡劣！

應付九幽老怪那魔頭，只怕要落在捲哥、唐二娘和自己的身上！

只聽唐晚詞道：「林子裡還有一個半死不活的東西，讓我去補一刀。」

雷捲卻道：「那放鐵蒺藜的麼？不必了！他活下來也充不了好漢！」

劉獨峰在車內聽著了，知道那被放倒了的人是九幽老鬼的弟子鐵蒺藜，也就是殺傷廖六的兇手之一，本想過去替廖六雪仇，無奈一陣天旋地轉，胸中一陣氣塞，一時之間，半句話都說不出來。

馬車略略一沉。

無情與銀劍已坐了進來。

銀劍右手攙住臉如白紙的無情。

銀劍膝上躺了一個人：

衣衫遍血的金劍。

劉獨峰身邊也坐了人。

形如癡呆的張五。

劉獨峰看了心中越發難過，收回視線，卻正好看到無情那一對明利的目光。

一聲馬嘶。

車後景物如飛。

劉獨峰的心緒也亂如飛逝的松林山景。

無情望定他，虛弱地道：「江湖中人，都說我孤僻寡情，其實，我是沒有什麼怨言的。」

劉獨峰等他說下去。

「因爲，我是有親人、有兄弟、有朋友的。」無情道：「我的親人只有一個，那是諸葛先生，我一輩子都感激的人。」

無情微微笑了，他用手擁緊一些銀劍的瘦肩，「我的兄弟，舉世皆知，那是鐵手追命冷血，另外，還有四人，我也當他是小兄弟，那是金兒、銀兒，銅兒、鐵兒。」

「這幾個人，只要他們受到任何人的欺辱，我都不會放過對方——」然後他道：「可是，金兒現在死了。」

他一個字一個字的吐出來：「他是你殺的。」

劉獨峰點頭。

張五仍在傻笑。

劉獨峰只覺心口一陣搐痛。

他道：「我懂得你心中的感受。」他頓了頓，又道，「我這一趟來，六個手足死了五人。我曾矢意要殺戚少商、息大娘替他們報仇。」

無情道：「你明白就好。」

劉獨峰搖首道：「可是我不明白。」

無情搖頭道：「我也有很多事情不大明白。」

劉獨峰道：「你爲什麼會來這裡？」

無情道：「上次，在思恩鎭的安順棧，我不知道事情始末，見你抓人，就出了手，這件事，我很後悔。」

劉獨峰道：「那次若果沒有你，我不一定能在他們一眾拚命維護的人裡逮得住戚少商。」

無情道：「現在看來，你跟他倒似有不錯的交情。」

劉獨峰道：「所以，你是爲營救戚少商來的？」

無情道：「不錯，我走了許多冤枉路，沒把你找著，卻打聽了許多有關戚少商的事，越發使我覺得要向你手上討一個情，不要押解戚少商回京。後來誤打誤撞，找著了雷堂主，兩人拚了一場，才省悟你可能根本沒有走，仍留在思恩鎭。」

劉獨峰說道：「所以你立即就趕了過來。」

無情道：「我趕過來的時候，你剛剛離開，我見郗將軍府派出九名侍衛追蹤你，我便遠遠捎著，也跟了上來。」

劉獨峰道：「那麼說，小五子曾告訴過我，他眼看要被鐵蒺藜所傷之際，卻被人救了回山神廟，想必就是你了。」

無情道：「我想以你一向作風，晚上不致動身，故在夜裡趕上，會方便一些，剛好就遇上張五被鐵蒺藜和狐震碑圍攻，我發了一輪暗器，把英綠荷龍涉虛也逼了出來，他們不敢戀戰，落荒而逃，我見張五也沾了點毒，便沒追趕——」

劉獨峰滿目都是謝意：「你還替他剜去鼻尖的傷處，把他救了回廟。」

無情道：「我知道你和戚寨主就要回來，便不在廟裡待著，把寫好的條子，放在張五的身上。」

劉獨峰動容道：「條子？什麼條子？」

無情變色道：「你沒看到麼？」

劉獨峰詫道：「是寫些什麼的。」

無情仰天長嘆，撫摸金劍的頭髮，忍悲聲道：「既是天意，也是我大意，合當有此劫。」

劉獨峰急道：「你寫了條子？小五子沒交給我哇！是寫什麼……」

無情微揚手，劉獨峰就住了聲。

銀劍在一旁忍不住道：「我家公子怕面陳過於唐突，所以寫了一張信柬，懇求劉爺您高抬貴手，放戚寨主一馬，他感同身受，無論你允可與否，都相煩來鐵鱗松斷崖口處一晤，因怕你不置信，還留下了公子的印鑒，懇祈劉爺移步商酌……豈知——」

劉獨峰這才省悟，跌足長嘆道：「這……我……」

無情道：「我明白了。都怪我一時不慎，沒想到連九幽老怪都出動了，他先一步取去了信柬和印鑒，千方百計，把你引去松崖口，讓你錯以爲我們是敵！」

劉獨峰一時只覺種種大恨，都已鑄成，體內氣息，並抑制不住亂流亂竄，無情一見，即道：「劉大人，氣納丹田，導息暢流，大敵在前，保重爲要。」

劉獨峰猛自一省，忙抱息歸元，好一會才勉強平復，慘笑道：「我知道了，你是爲了不想挾恩脅報，又爲求光明磊落，故先賜柬於我，道明此事，邀約見議。九幽老妖早到一步，取去信柬，閱過內容，特意以棺材、步轎出現，再出示你之印鑒，使我急怒中種此大錯……我一見松上有轎，即急下毒手，那一劍，破轎而入，殺了小哥兒，傷了你……」說到這裡，愧莫能言。

銀劍恚怒地道：「公子一見是你的馬車，便疏於防範，你飛劍而至，我們都大爲錯愕……如果我們有備，你怎傷得了公子，殺得了金哥哥！」

劉獨峰赧然道：「那是我的魯莽。九幽老妖幾度裝在棺材、轎裡，還寧願身上掛彩，把我們引來，我以爲他在上面伏擊，便一聲不響、先發制人，卻……卻害了這位小哥的性命……我一定會給你們公子一個交代。」

銀劍冷哼道：「人都死了，你能有什麼交代！」

無情沉聲道：「銀兒。」

銀劍立即不說話了，但顯得很悲憤的樣子。

靜了半晌，無情才道：「當時月遮林密，我一見有人出劍，殺道凌厲，不留餘地，也疑不是你……所以便全力出手。」

劉獨峰知道無情這樣說，也是在爲他開脫，只道：「我……還是傷了你……」

無情傲然笑道：「你可也沒撿著便宜！」

戚少商忽攢入了臉面，問道：「九幽老怪是在你們受傷後施暗算的？」他一直都在留心聆聽，車裡兩人的對話也是有意要讓他也聽明白，他這時的問話，也有意岔開兩造之間的仇忿，問了這句話之後，他又調身過去繼續打馬策轡。

劉獨峰說：「我跟無情交手三招，兩人都以爲是勁敵，盡了全力，彼此都受了傷……但從對方招式裡發現不對勁，心中疑惑，正要住手喊話，九幽老怪就猝然施加辣手……」

「其中大部分攻勢，都是劉大人一力接下的，要不然，我現在也沒命坐在這裡了。」無情接道，「我們齊心合力，全力反擊，但受傷已重，抵不住他的攻勢，唯劉大人全力抵擋住他的攻擊，我才能趁隙賞他三口『順逆神針』。」

劉獨峰道：「他著的是『順逆神針』？」

無情道：「要不是無聲無息，無光無形的『順逆神針』，又怎能在號稱『遇強愈強，得必全失』的『空劫神功』下藉掌風卻逆掌力而入，射中了他的掌沿、指尖和袖襟呢？」

劉獨峰點首道：『難怪那幾道幾乎看不見的細毫，只沾著他袖口，也能鑽入衫內，飛若遊絲，直戳九幽老妖的手腕。聞說『順逆神針』順血攻心，若以內力抵抗，則逆真氣運走，鑽腦而歿。」

無情道：「是。」

劉獨峰道：「聽說天下間無藥可救治這『順逆神針』，只要中了一口，便只有攻心或刺腦，不死也得殘廢！」

無情道：「是。」

劉獨峰道：「那麼……」

無情嘆了一口氣，道：「可惜他是九幽老怪。」

「『順逆神針』確不可藥救，但卻可以憑極深厚的內力將它逼出來，有這般高強內力的人，舉世滔滔，只怕無幾，九幽老怪卻剛好是其中一個。」他語音一頓，又道：「而我的暗器，偏偏從來都不淬毒。」

七三　空劫神功

這時，雷捲騎馬在前，唐晚詞策馬在後，一前一後，夾著由戚少商攬轡的這輛馬車而馳。

劉獨峰出神了一會兒，嘆了一聲。

無情道：「劉大人——」

劉獨峰用手掌在無情手背上拍了拍，道：「到這個地步，已同生共死了，還什麼大人不大人的，你要是不見棄，就稱我一聲『大哥』罷。」

無情並不同意：「家師是諸葛先生，但他因收過一名大逆不道的徒弟，曾當天立誓，永不收徒，他視我們如同己出，跟你原是同朝命官，分屬同僚，先生也尊稱你爲『兄』，我豈能僭越輩分？」

劉獨峰搖首道：「俗禮、俗禮，可廢、可廢！」

無情一笑道：「我就稱一聲劉捕神罷。」

劉獨峰道：「那也隨你。」便等無情說下去。

無情道：「九幽老怪一上來時便似已受了點兒傷？」

劉獨峰苦笑道：「我原先在廟裡腰部已著他一擊，但我也賞了他一劍。第二次在廟外接戰，又趁火勢劈了他一記，在崖前，他扮作是你，誘我上當，張五著了他們的毒手，但他也被我的射陽箭炸傷，本來在這場戰鬥裡，他一直占不了上風……」

說著嗟嘆道：「都怪我糊塗，三十多年的跟惡匪強敵周旋，竟還是上了老妖的圈套！第三遭在山神廟內，他遣人殺了廖六，卻算不到我仍伺伏廟裡，在他正要對戚寨主下毒手時，我傷了他，但他手下人多，我也著了他一下，算是打和。接下來，他因爲有了你的平亂玦和手跡，便處心積慮，躲在棺材裡，在廟外向我挑戰，但也沒討著便宜，只把我引到松林崖前，又弄了一頂與你的行轎相似的轎子，突施攻襲，然後就逃，讓我乘勝追擊，因而誤傷了你，才遭他暗算。」他搖頭冷笑道，「老妖可真能忍，我也服他！」

無情道：「要不是我太避嫌，老早跟你拜面直稟，就不會發生這種事情。」

劉獨峰道：「若不是我執意要抓戚少商，也不會有這種事咧！」他自嘲的一笑又道：「看來，現在是他護著咱們了。」

無情雙眉一剔，道：「你的傷？」

劉獨峰長嘆一聲：「完了。」

無情道：「我那三刀……實在……」

劉獨峰道：「你那三刀，是傷了我，但我也劃了你一劍，而且，是傷了你的右臂筋脈，要不然，你也不至於被九幽老怪的『空劫神掌』震脫了左腕手臼！」

無情道：「我本身並無內功，而所練的內勁又只為發射暗器用，跟一般內功大相逕庭，九幽老怪的『空劫神功』遇強愈強，遇抗更厲，所以他是非遇上勁敵，不輕易施展『空劫神功』，那一掌，只能使我左臂全使不上力，卻不能傷我。」

劉獨峰喜道：「要多久才能恢復？」

無情眉宇之間不禁愁雲滿布：「恐怕也要明晨，才能轉動，一天一夜，才能使勁，完全恢復，怕要兩天兩夜。」

劉獨峰幌一幌頭，道：「劫數！劫數！右手又如何？」

無情忽問：「剛才在松樹上交手，我發第三刀時，你大可以『風雷劍法』斷我一臂，但突改用短刃一捺，按理我這條胳臂也斷保不住才是！」

劉獨峰微微一笑：「九幽老怪武功再高，也斷斷放不出這樣光明磊落的暗器，所以我已驚覺出來，可能是你。」

無情道：「幸好你手下留情，不然我這條膀子——」忽想起戚少商斷臂，便沒說下去。

劉獨峰歉意地笑道：「我施的是『秋魚刀』，被它觸及任何部分，都會麻痹無力，少說也要三天三夜，才能復元。」

無情訝然道：「『秋魚刀』是捕神六寶之一，我是聽說過了，但怎會——」

劉獨峰道：「『秋魚刀』其實不是刀，而是魚。」

無情更感詫異：「魚？」

劉獨峰道：「那是天竺聖峰上天池裡的一種通體透白的魚，潛泳的人碰上了牠，便全身發麻，這種魚原名『秋驥清明』，是神的意思，簡稱『秋魚』，是在秋天裡出現，產量極稀，據聞已經絕種。這魚上的骨骼，是透明的，在水裡可以看到魚的脊骼。這種魚極不好抓，當地又當是神物，而牠壽命又短，僅三個月就不活了，一旦死後，其使人麻痹之力量全消，成爲其他魚類所爭的食物。獨是我手上這一尾『秋魚』，據悉已活了三百個秋天，最後在湖裡吞噬了一柄神刃，因而致死。牠的背脊竟與神刃混化爲一體，成爲這一柄『秋魚刀』，我也是機緣巧合，才能獲得的。世間所謂利刃，無非是殺人如何快利，如何吹毛斷髮、削鐵如泥，我手上這柄，卻是能制人不會殺人，我認爲這才是寶刀！」

無情道：「看來你的六件寶物，都各有來歷。」

「我還有六把寶劍呢！」劉獨峰正得意處，忽看見全失了神的張五便痛心的道：「但本來拿這六件寶物的人，現在，不是死了，就是傷成這樣子！」

無情趕忙道：「也就因爲是『秋魚刀』，所以我這條臂膀還能保住。」

劉獨峰道：「但現正重大關頭，你的雙手仍不能發力，而我……」說到這裡，心下已有了決定，急笑一聲道：「沒想到這條命要賠給九幽老怪！」

無情知他傷重，但仍估計不出傷得究竟有多重，只關切地道：「『空劫神功』愈是遇上高深的內力，反挫力愈大，我看見你背上被印了一掌。」

劉獨峰截斷道：「我傷得自是不輕。不過，憑我苦熬三十五年的『雷厲風行大法』，遇上愈重的傷，也愈能壓抑得住。」他哈哈一笑，又道：「剛才我說完了，實在灰心喪志之至，待九幽老怪逼出老弟的『順逆神針』，我們的傷，說不定已好了七八成！」

無情眼光閃動，道：「但願如此。」

其實劉獨峰是強顏作笑。九幽老怪處心積慮、千方百計，不惜三度以身作餌，爲的只是廢了無情一條臂膀，在自己的背上印上一掌，那一掌，自然非同小可！

那一掌用的是「空劫神功」，但與袖風力拚時，指掌間也迸伏了「落鳳掌」和「臥龍爪」的內勁。這兩種內功，一是奪取女子元陰而練得的，一是吸取童子元陽而修成的，練法都不堪已極，令人髮指，但這兩種功力，是專破內家護體罡氣，任是絕世高手，一旦沾上，如果有幸及時護住經脈，不立時喪命，也非要三個月以上運功苦修，靜坐行功，才可以將陰勁陽煞清除。

可是，此時此境，教劉獨峰有什麼時機可以行功運氣？

劉獨峰怕給無情瞧破，便反問道：「你看以九幽老怪的功力，如果要逼出三口『順逆神針』，要多少時間？」

無情道：「快則一天，慢則三天。」

劉獨峰搖搖頭喟然道：「這樣說來，我、你、九幽老怪，三人暫時都失去了戰鬥能力。」

無情雙眉微揚，道：「可惜我轎子都摔壞了，連機關都生不了效用。」

劉獨峰長吁一口氣：「九幽老怪還有五名弟子。」

無情道：「鐵蒺藜著了雷老大一指，縱保得了命也保不了元氣，剩下只有泡泡、狐震碑、龍涉虛和英綠荷。」

劉獨峰道：「泡泡難纏，身分莫辨。」

無情道：「不過她的獨門兵器已給戚寨主破了，人也受了傷，倒是狐震碑，他也練得『落鳳掌』、『臥龍爪』之類的陰毒功夫，不可不防。」

劉獨峰道：「英綠荷身上繫的『奼女攝陽鏡』，能吸收任何光亮成銳勁，不過，已給雷堡主戳破了一面。」

他們二人說話時都故意放響了一些，目的是讓戚少商也能聽到。

聽到就會注意。

注意才能防範。

現在這一場戰鬥，倒不在九幽神君、無情、劉獨峰的身上，而是靠戚少商、雷捲、唐晚詞和九幽神君四名弟子的勝負而定——至少在這一兩天內的局勢看來如此。

無情傷懷於金劍僮子之死，但見張五神志呆滯，忍不住道：「他中了毒？」

劉獨峰看了張五，憂傷地搖搖頭，道：「中毒還可藥救，他現在只怕是神志受制，解鈴還需繫鈴人，除非把九幽老怪或泡泡擒住，否則……」

無情正待說話，突聽戚少商大喝一聲，馬車軋然而止。

馬車陡止，張五和金劍的屍首，幾被彈出車外，劉獨峰雙手一抬，抓住兩人。

無情伸頭出車帘，問：「什麼事？」

戚少商神色凝重，揚了揚下頷，道：「捲哥進去了。」

無情一看，只見道上插了數百根大大小小被削過的竹子，大小不一，一望無盡，每間隔數十根，就有一盞如螢燈火，黏在竹尖上，發出幽幽的光芒，遠黯處還不知有多少根這樣的竹子，但當中倒有一條路，可供馬匹馳入。

無情失聲道：「雷堡主走入陣中去了？」

戚少商雙眼往斷竹林中不住逡巡，道：「捲哥一看，就拋了一句話：『可能有詐，我去看看！』便策馬馳了進去。」

唐晚詞這時已打馬攏了上來，皺眉道：「這是啥勞什子玩意？」

劉獨峰喃喃地道：「是陣勢。」

無情也臉色冷沉地道：「這陣非九幽老妖擺不出來！」

劉獨峰變色道：「難道九幽已逼出了『順逆神針』？」

無情略一思慮，即斷然道：「這陣確是九幽布的。唯其是他布下的，便足以證實他已無出力之手，但此人思慮周密，行動快捷，能夠先發制人，預先設伏，或是指使徒弟布此『竹籬九限陣』，切斷我們的去路！」

唐晚詞秀眉一蹙，英氣大現，揚鞭叱道：「這是什麼陣!?我也要闖一闖！」

劉獨峰和無情一齊道：「使不得！」

就在這時，一陣怪異的聲音傳了過來。

戚少商聽到的是息大娘的一聲哀呼。

無情聽到的是鐵手的一聲怒吼。

銀劍聽到的是金劍的一聲慘叫。

劉獨峰聽到的是廖六的一聲厲嗥。

唐晚詞聽到的是雷捲的一聲求救。

這一聲傳入人人的耳中，但感受人人不一。

張五這時臉肌一搐，但沒有人注意到。

人人都因那一種幻異的叫聲而震。

銀劍功力較弱，但他知道金劍已經死了，不可能發出這種呼聲。

呼聲每人聽來不一，但都傳自於那斷竹叢中。

只見那一條迤邐的竹燈路，在黑暗裡有說不出的詭異。

唐晚詞叱了一聲，揚刀一揮，打馬就往竹路裡闖：「喝！我看這是什麼鬼陣！」

無情急叫道：「攔住她！」

說時遲，那時快，戚少商在唐晚詞策騎飛掠過他的馬車之際，已一手勒住了她馬上的繩轡！

馬長嘶，作人立。

唐晚詞怒道：「幹什麼!?」

無情道：「裡面凶險，不能進去！」

唐晚詞情急，一刀反砍戚少商手腕。

戚少商只有縮手。

他只有一隻手。

他不防此著，唯有縮手，唐晚詞便縱騎入了斷竹叢中，她的後髮還高高的揚晃了起來，露出玉雪一般的後頸。

劉獨峰頓足道：「她進去又有何用！」

戚少商道：「二娘進去，說不定能助捲哥一臂之力。」

無情立刻搖首：「沒有用，這陣勢，多少人進去，都如孤身一般，除非把這陣毀了，否則就算是一人能出陣，其他人也難保安全。」

戚少商嗆地拔出「青龍劍」，劍作龍吟，「我們一路把竹削去，看這陣怎還發揮效能！」

無情即阻止道：「斬不得！這竹上塗有毒藥，竹下有炸藥，一旦引發，就算陣外人安然，陣內人也要遭殃！」

戚少商急道：「這……」

無情望向劉獨峰：「依你之見？」

劉獨峰沉默半晌，開口即道：「九幽老怪目的是要困殺我們一二人，他想必還有更厲害的後著，來對付未入陣的人！」

無情道：「所以事不宜遲，得立刻破陣！」

劉獨峰目中神光暴長，但旋即黯淡，他全副精神都在思慮當中：「鬼神不測之機，天地造化之妙。一限九變，九限八十一變，這應該是八重門戶，休、生、傷、杜、景、死、驚、開的變化和生剋，怎會有第九道門!?」

無情經這一提點，豁然而通道：「對，這不是生剋奇門，而是迎神役鬼拘魂攝物的左道邪門，最後一門，才是萬端法門，隨魔生障！」

劉獨峰目光又是一亮，喜道：「對！」

無情即向銀劍吩咐，說道：「按四時，化五行，合三才，布九宮，你可都還記得？」

銀劍晶瑩的目光一閃，道：「記得。」

無情道：「按照六丁遁甲，參用奇門八卦，逢三一拔，見六一劈，遇九滅燈，或可破之。」

銀劍拔劍長身道：「是。」

無情道：「記住，此陣巧侔造化，易生幻象，破陣時必須無私無視無思無事，不能生畏怖之心，記住，手不可觸火，足不能沾竹！」

銀劍又道：「是。」

無情揮手道：「速去速回！」

銀劍閃身即入陣中。

戚少商嚇了一驚，擔心的道：「此陣凶險，不如我去！」

無情道：「破此陣要兼修顛倒遁甲和太極玄門法，銀兒去較適妥。」

戚少商仍然不放心：「我……」

劉獨峰道：「這兒必有更不易度過的奇艱，還仗你——」

話未說完，戚少商突然大喝一聲，一劍下刺，插入土中。

土裡剛伸出的十隻又粗又短的手指倏又收回土裡去了。

戚少商再拔劍時，劍上沾血。

只見一人悶哼一聲，破土而出，捂胸蹌踉了幾步，一雙眼珠子怨毒地盯著戚少商，正是狐震碑。

戚少商卻霍然回身。

一個臉圓圓，人甜甜的女孩子。

青春得連她的豐腴都充滿了彈性和軟嫩。

戚少商一見到她，像一個經驗老道的獵人突然遇上了一頭老虎一般。

那少女唉了一聲，蹙眉哀怨的說：「你弄壞了我的泡泡，還弄傷了我。」

七四 月色如刀

這小女娃子粉砌酥搓，臉上粉嫩中又隱透緋紅，像蒸發得恰到好處的壽桃包子，她樣子不是艷麗到絕頂，但卻十分甜美，看來一點也不妖冶，反而有點像鄰家小女孩的樸素與平凡。

這樣的一個女孩子，才一出現，場中劉獨峰、無情、戚少商三大高手，無不回頭。

那小女孩的話一出口，人人都知道她便是「泡泡」。

這樣一個女孩子，便是三次在眾高手中護走她師父九幽神君的人，而且，也是九幽神君三次棄戰時都把她攜走的「泡泡」。

劉獨峰心忖：自己跟九幽老怪交手四次，竟連他的臉孔也瞧不著，這「泡泡」也神祕莫測，沒想到，竟是一個嬌柔的小女孩。

戚少商更是如臨大敵。

雷捲、唐晚詞身陷敵人布設的奇陣之中。

銀劍僮子正竄去鶴伏鷺行的破陣。

車中有三個無力還手之人，要仗他這個獨臂人來照護。

他不能有失。

車裡的幾個人，都可以說是爲他才落到這個地步的。

他雖然曾破了泡泡的奇門兵器，但這回泡泡居然敢現身，定必勝算穩操才會甘冒奇險。

泡泡向戚少商噘著嘴兒道：「我不要，你要賠我泡泡。」

戚少商冷笑道：「你過來呀，我給。」心裡暗道：你要是敢過來，我就賞你一劍。想到這裡，心中一寒：怎麼自己對一個看來無縛雞之力的小女孩，也這般殘狠，莫不是這段日子在逃亡殺戮中度過，真的把自己的天性都磨得這般猙獰了！

泡泡歡顏地道：「好，你可不許賴啊。」走了過來，伸出了手。

劉獨峰猛想起張五被制住的情形，叱道：「不要碰她的手！」

戚少商本想一劍剁下她的手，但面對這樣一個嬌柔的女子，也覺得無從下手，劉獨峰這一叱喝，他便不由自主的反退了一步。

泡泡軟腰一伸，伸手迎空虛點。

戚少商見狀大吃一驚。

泡泡這凌空虛劃，仿似全無勁道，但究竟是不是運施極高深的內力，隔空打穴，遠距傷人？戚少商全無把握，當下心念電轉，想起武林中絕少有的幾種越空制人的指法：「金剛指」、「訶摩指」、「拈花指」、「多羅葉指」、「六脈神劍」、「彈指神通」、「一陽指」等，但卻無一樣，跟眼前少女一般，臉上笑嘻嘻、渾身不著勁的、五指軟綿綿的架式相似！

戚少商正要設法閃躲，又發現對方出指全無勁道，便要觀而後動。

劉獨峰和無情也一時摸不著頭緒。

倏地，張五長身而起，十指箕張，雙手已抓住戚少商背後的靈台穴與志堂穴。

戚少商手緊握劍，但全身不能動彈。

泡泡尖嘯一聲。

張五飛身而出，抱住戚少商，大步往松林密處疾奔！

這一下，變起驟然，就連在車中的劉獨峰和無情也措手不及，戚少商便受制於人。

劉獨峰大喝一聲：「張五！」

張五渾然不覺。

劉獨峰再怒吼一聲：「張五！」

張五已奔入樹林裡，他本來腿部受傷，但而今彷彿也不覺得痛。

劉獨峰臉色紫脹，突然盤膝打坐。

無情變色道：「不可！」

泡泡甜甜地笑了一笑。

她走近馬車。

狐震碑也逼近馬車。

兩人正好一左一右，向馬車行來。

無情長吸一口氣，再徐徐吐氣，然後又深吸一口氣，又緩緩吐氣，接著，又長吸一口氣——

然後撂起長衫，移位出帘，往馬車篷前端然一坐，眼睛平視二人。

泡泡眼睛骨溜溜一轉，向無情招呼道：「大捕頭，你可好？」

無情微微一笑，望著她。

泡泡緩緩自腰畔，抽出一根竹管子，又慢慢的把竹管子舉了起來，然後小心翼翼的對準無情，才道：「聽說，你一雙腿子，已經廢了，是不是？」

無情沒有說話，只看著她。

泡泡說：「也側聞你的一雙手，現在也不大靈便，對嗎？」

無情臉無表情，望著泡泡，泡泡突然覺得有些心寒，不禁昇起速戰速決的念頭。

泡泡仍甜笑道：「而且，你那一頂寶貝轎子，好像也毀了，也就是說，你沒有腳，動不了手，機關也廢了，所以，變成百無一用了，對不對？」

無情冷冷地，沒有言語。

泡泡用眼梢往車裡探了一下：「還有裡面那位捕神老爺，捱了家師一記『空劫神功』，又著了『落鳳掌』和『臥龍爪』，大概已跟廢人差不多了罷？」

無情這才變了臉色。

他現在才知道劉獨峰不止著了「空劫神功」，還硬受了「落鳳掌」及「臥龍爪」這兩種陰毒絕倫的邪門掌功。

泡泡用一對美目，向狐震碑瞟了瞟，道：「大師兄，看來，我們這大捕頭，和裡面那位老捕神，都是外強中乾的貨色，你還不過去向他們請教請教、親近親近？」

狐震碑似乎對這位「小師妹」甚是畏懼，捂胸乾咳一聲，應道：「是。」

驀地，馬車內風雷之聲大作。

無情一回首，只見劉獨峰五絡長髯，無風自盪，一雙電目，神光暴射，胸臆間一連發出四道悶雷般的響聲。

然後「轟」地一響，車篷震飛！

劉獨峰只說了一聲：「我去追回戚少商！」人已似怒鵬沖霄般直掠出車外。

劉獨峰重傷之下，居然有這般聲勢，泡泡本要出手，但心念一轉，向狐震碑叱道：「截下！」

狐震碑鐵鷗凌空，左落鳳、右臥龍，截擊劉獨峰。

狐震碑並非無懼，而是認定劉獨峰只是虛張聲勢、不堪一擊，便要用落鳳掌與臥龍爪置之死命！

只聽長空一聲霹靂！

青光如電，一閃而沒！

一條人影飛起。

一條人影掠入林中。

飛起的人影叭地撞在山壁上！

這人被撞得五官血如泉湧，但貫胸一把青碧色的劍，把他釘在石壁上，沒及劍鍔！

這人正是狐震碑！

劉獨峰如巨鳥投林，遇挫不頓，已掠入林中。

只聞林裡一陣如狂飆驟雨之聲，愈漸遠去。

泡泡爲之玉容失色。

如果那一劍是向她擲來，她一樣閃躲不了，如果不是一念之間，改變主意，而向劉獨峰發出攻擊，只怕此刻被釘入崖壁上的人，不是狐震碑而是她！

劉獨峰因爲強持一口氣，且痛恨使「落鳳掌」與「臥龍爪」的人，又急於追敵，將自己手中的一口「碧苔劍」凌空飛投，把狐震碑釘入了崖壁上！

狐震碑一死，泡泡倒抽了一口涼氣。

她聳聳肩，伸伸舌頭，笑了笑道：「嘩！幸好送死的還不是我。」

然後又向無情道：「那不好脾氣走了，剩下你好脾氣的一個兒了，也怪寂寞的。」

無情冷冷地看著她，眼光裡有一種澈骨的寒。

泡泡的眼眸子往上面溜了溜，又往林子裡瞟了瞟，竹管子遙對著無情：「車內的老捕神，還賸一口氣，已經飛走了，只剩下一個飛不走的小捕頭，是個廢人，想走，也走不了，對不對？」

無情目光暴長，「對！」嘯地一聲，一物自口而發，閃電般擊中泡泡額前！

泡泡手腕一掣，竹管一震，已射出一道黃濛濛的光線。

那兩匹健馬突然踣地，哀鳴半聲，整個身體都在融化中。

泡泡撒手仰天而倒。

一人從天而降。

鐵塔般的巨人。

同時間，林子裡疾掠出一條人影。

正是龍涉虛與英綠荷，他們是配合行動！

無情一低首，一陣弓弩之聲，三枝急箭，一齊釘入龍涉虛小腹上！

龍涉虛怪叫一聲，半空一個翻身，落在丈外！

三矢命中，但他「金鐘罩」護體，居然簇尖見血但未入肉。

英綠荷馬上停步。

她還沒有出手。

但她已發現武功最神祕莫測的小師妹，已經倒在地上，沒有聲息，七師哥中了三箭，要不是他銅皮鐵骨，肯定也報了銷。

無情卻還是安然一端坐在車轡上，雖然車子因馬匹踣地而漸漸下塌傾斜。

她自度可沒有龍涉虛的鐵功護體，也不比泡泡刁鑽犀利。

她不知道那個看來文弱無力的殘廢書生，還會有什麼厲害法寶。

她可不想輕試。

她不想死。

◇◇◇

無情冷冷地望著她。

那種冷的感覺彷彿冷入她的骨子裡去了。

那眼神彷彿也是無形的暗器。

「你想怎樣？」無情問。

英綠荷看看地上的泡泡，額上滲出了鮮血，生死不知。龍涉虛呆在那裡，也不知如何是好。他正在慶幸自己是以「金鐘罩」護住全身，然後再撲擊而下，準備以巨力砸死對方，要是平常貪圖快攻，護體內勁不夠周密，這三箭豈不是要了他的命？

就算要不了他的命，只要射低兩寸，也要自己絕子絕孫！

他想到這裡，天大的勇氣都成了半空折翅，沉到十八層地底裡去了。

英綠荷看到了他的樣子，想到他所思跟自己大致一般，當下咬牙跺了跺足，話還未說出口，已聽到一個小童的歡笑聲：「你們出來了！」

英綠荷更不敢怠慢，疾喝一句：「走！」急掠而去！

龍涉虛一向以英綠荷馬首是瞻，只怔了一怔，也跨步追去；兩人都相繼消失在林子裡。

無情這才舒了一口氣。

長長的吁了一口氣。

因爲，只有他自己知道，剛才，英綠荷與龍涉虛用一根手指都能殺得了他。

他所有的暗器，都因爲雙手不能運力而發不出去，而幾道不必動手就可以發射的暗器，也都已發光了。

那頂藏有無數機關和暗器的轎子，又已經毀了。

無情只有強作鎮靜。

如果他一旦撐不住局面，龍涉虛和英綠荷來一記反兜截殺，銀劍童子斷非所敵，這竹籬陣不破，雷捲和唐晚詞也就危險了。

他以背弩射擊龍涉虛，但此人畢竟有過人之能，中而不倒，他心裡就涼了半截。

他口中含的一塊飛稜，因要先把泡泡這個極難纏的敵手擊倒，只好先行噴射，如果龍涉虛與英綠荷再行逼近，他可無法應付。

但他們終究不敢。

而且兩人一聽銀劍說：「你們來了」，嚇得立刻就走！

銀劍這時冒了出來，樣子十分可愛。

他探著頭問：「公子爺，那兩個惡人走啦？」

無情微笑的點了點頭，說：「雷堡主和唐二娘呢？」

銀劍嘻的一笑，「我已照公子的吩咐做了，但到現在仍不見有人出來。」

無情啐了一口道：「好小子，把我也欺瞞過去了！」

銀劍伸伸舌頭。

只聽轟地一聲大響，像引爆了什麼威力極大的地雷似的，一人倒飛上老半天，才一個倒栽蔥似的落了下來。

來人臉色青、人瘦、身子裹在毛裘裡，鬚髮被燒鬈幾處，毛裘被灼焦了數處。

正是雷捲。

雷捲一落地來，就問：「二娘呢？」

忽聽嘩啦啦一陣響，一條艷紅色的人影像遊魚一般，自竹林間疾閃了出來。她緊身的紅衣已濕透，越發突現出她誘人的身材，一頭的黑髮也濕透，束披在紅彩上，有一種驚心的艷。

正是唐晚詞。

雷捲喜形於色，走前一步。

唐晚詞回身摺髮，嫣然一笑道：「你也出來了。」

雷捲道：「我一進去，只見暮合霧深，風雲翕起，雷電交加，驟生大火，我在火中左衝右突，到處是火妖四起，火球四迸，火中喊殺震天，但卻又偏不見去路，覓不著敵人，正危急間，忽有山分火裂，現出一處洞天，我一闖進，即似遭雷轟，震了出來，才知道竹子仍是竹子，不曾著火。」

唐晚詞道：「我跟你全然不一樣。我一頭鑽了進去，就見風雲變色，海飛波立，浪高如山，波濤洶湧，我被吞噬在水裡，便是怎麼掙扎迴避，仍被奔流急湍所控制，以爲這次難有生機了，不料雙足突然著了陸，但馬兒卻大概淹在裡面了。」

雷捲喃喃地道：「原來只是虛幻一場，好厲害的陣勢！」

無情道：「馬仍陷在裡面，無礙，一會兒就會出來。」

唐晚詞問：「這兒的情形究竟怎樣了？」

無情急道：「雷堡主才進陣中，唐二娘也跟了進去，劉捕神和我商議了破陣之法，我便囑銀兒進入陣中攻破，不料泡泡和狐震碑突然出來，戚寨主正要力抗，不料，張五原來是著了『押不盧』和蠱術合併的暗器，神志已爲泡泡所制，猝然出手，制住戚寨主背後要穴，往林子裡就跑，大概是九幽老鬼在松林裡發聲縱控罷。當時景況緊急，劉捕神竟運起『雷厲風行大法』硬生生把內創壓住，一拔劍就殺了狐震碑，然後全力追逐張五。」他頓了頓，又道：「我跟泡泡對峙，終用暗器把她擊倒，但她應無性命之礙，我要留她活命，找出救張五哥之法，不料來了英綠荷與龍涉虛，要乘隙討便宜，但銀兒正好出來了，他們知道你們也將脫陣，畢竟沒有勇氣再戰，也逃之夭夭了。」

雷捲望了唐晚詞一眼，只說：「看來，我們是闖禍了，既未顧全大局，還全仗公子相救。」

無情道：「快別這樣說。現在更嚴重的情形是：劉捕神不止著了『空劫神功』，還身受『落鳳掌』與『臥龍爪』之傷，他若強用深湛內力逼住，再貿然與人動手，只怕——」

雷捲疾道：「我去接應。」

唐晚詞身形也一展，雷捲道：「你留在這裡！」燕子掠波，已沒入密林間。

唐晚詞返首問無情，在月下好一股英凜的艷色：「只怕怎樣？」

無情嘆了一聲：「輕則殘廢，重則走火入魔——」話題一轉，向銀劍囑道：「你去把那女子扶起，制住她氣海、建里、章門三處穴道，把她手上的竹管子拏來，要小心一些，竹管子裡，是九幽門下最歹毒的『大化酖醪』，沾也沾不得的。」

銀劍應聲去辦。

唐晚詞上前一步，撂了撂濕髮，她的手上揚的時候，胸前的紅衫皺了一些微紋，更顯出她胸脯豐滿而腰肢如柳，她自己卻似未覺察，只問：「捲哥怎樣才找得到他們。」

無情沒有去看她。

他只看著月色。

月色如刀，爲死亡的千歲明辨細毫。

「你有沒有聽到雷聲？」

唐晚詞側耳細聆了一陣，道：「有，很是隱約。」聽到一聲像隔著棺材發出的悶響，一聲，兩聲，三聲。

無情道：「既然我聽到，你聽到，雷堡主也定必聽得到。」

他的臉色因月色而煞白。「劉捕神也該聽得到。」

校於一九九〇年七月二日

得悉小人在「先生」處破壞之事，完成21-24集「愛國有罪」

七五　黑穴黃土

荒墳。

冷月。

一件黑袍，罩在一塊殘碑上。

◇◇◇

這墳塚已廢修多年。多年前，這兒有過村落，也有過戰爭。但戰爭終於吞噬了村落。加上一場洪水，把剩下的村民全都逐走，這兒已成了無主孤魂的荒塚，野狼掘屍嗥月的所在地。

沒有人再來這個地方。

周圍都是泥濘、瘴氣、屍骸枯骨，不是被浸得霉爛，便是被野獸噬得七零八落。

到處流竄著鬼火一般的綠芒。

低哇處積存著污穢的死水。

不知是什麼事物在發出悚人的低鳴，是人？是獸？還是鬼？

這是人間地獄。

九幽神君選在這裡。

因爲他知道，劉獨峰不會來這裡，同時，也不敢來到這裡。

他中了三枚「順逆神針」，在未把針逼出來前，他也不想力拚劉獨峰或無情。

◇◇◇

九幽老怪在輕輕的敲打著一面黑色的小鼓。

一聲、一聲、一聲……

單調的迴響。

像死人的心跳。

然後，遠處的狼嗥忽止。

接著，近處的蟲鳴又靜了下來。

遠處狼嚎再起，這荒塚間已多了兩個人。

一個直挺挺的人，抱住一個不能動彈的人，緩緩放下，然後，呆呆的站在那罩著黑袍的墓碑前。

直挺挺的人是張五。

那不能動彈的人當然就是戚少商。

◇◇◇

戚少商穴道被制，神智卻仍清醒。

張五雖可活動，但已喪神失志。

戚少商知道自己已難倖免。

他知道自己已落在九幽老怪手裡，這不比落在無情或劉獨峰手中，甚至連手段殘毒的顧惜朝、黃金鱗都不能比。

落在九幽老怪的手上連死都不如。

戚少商也想自絕，但他連自絕的力量都沒有。

而且，他已從這一連串的失意和失敗中學得：忍到最後一刻、活到最後一刻！

能活下去，再厚顏、丟臉，再痛苦、絕望，也是要活，活下去，才會有變化，才能有轉機！

爲了要活下去，戚少商已經吃了不少苦頭、熬了不少屈辱，而且，還不知有多少更苦楚的更屈憤的事情在等著他。

他現在已全不能動彈。

可是面對的是一個絕世魔王。

——無情、劉獨峰，加上自己……跟他數次遇戰，居然連這老妖的樣子也未曾瞥見！

戚少商倒要看看：九幽老怪是啥模樣？

沒有模樣。

碑上是黑袍。

碑下是深穴。

穴裡黑漆不見物。

穴旁是一具殘缺不全、血肉模糊的死屍。

這亂葬崗上，至少有二、三十具缺頭缺肢、腐爛腐臭的屍體。

穴前有一面鼓。

三角形的鼓，黑而亮，不知是什麼皮革製成的。

鼓一聲一聲的響，像死亡的節拍，冗慢而沉重。

卻不見敲鼓的人。

——難道是一隻無形的手？

——九幽老怪是沒有影子的鬼魂？

戚少商猜測鼓是被隔空的內力敲響的。

不過卻不見發內力的人。

卻突然聽到一個陰惻惻的聲音：「你來了。」聲音響自耳邊。

戚少商並不吃驚。

他在山神廟裡已經領略過九幽老怪的「奪魄回音」，知道九幽神君的聲音，可以無所不在，早有了防範。

只是那聲音那麼近，就像跟他面對面說話一般，還可以感受到對方嘴裡的一股寒氣。

——難道九幽老妖真的能隱身？

戚少商的眼光不禁往前面的黑穴看去。

黑穴黑。

黃土黃。

冷月冷。

那聲音又道：「你看不見我，我卻看得見你。」

戚少商不言。

聲音道：「我只叫人制住你的穴道，不給你動，但卻沒有不給你說話。」

戚少商冷笑。

「你不必冷笑。你到現在還不死，只是因爲我要問你一句話。」

戚少商還是不說話。

那聲音只好說下去：「我要問的是：當今天子的把柄是不是落在你的手裡？」

戚少商道：「原來也是爲了此事。」

九幽神君道：「還有什麼人也爲此事而來？」

戚少商冷笑道：「朝廷派出這麼多大官猛將，傳相爺出動這麼多左道邪門的高人好手，不都是爲了這樁事情嗎？」

九幽神君道：「那是什麼事情？」

戚少商道：「傅丞相不是管叫你殺、沒叫你問嗎？」

九幽神君道：「現在你落在我的手上，要殺要問，隨我高興，說不定，我心裡一歡喜，就放了你。」

戚少商嘿了一聲。

九幽神君道：「你不說？我倒有法子要你說出來！」

戚少商道：「你剛才在破廟裡用『奪魄回音』，又施『勾魂鬼火』，爲的便是把我逼得失心喪魂，把這天大的祕密供出來，但不是一樣徒勞無功！」

九幽神君說：「你的『一元神功』，火候不錯，但我只是顧惜你，要不然，你大概也聽說過『押不盧』罷，我把『押不盧』的藥性和『三十三天九十九極樂神冰』摻和在一起，往你掌心一鑽，且看這位劉獨峰身旁的愛將，現在不是成了我的忠僕麼？」

戚少商心中自然驚懼，但他神色不變：「你對我下了藥，只多了一名『藥人』，而我心中的祕密，卻永遠套不出來了。你殺了我，祕密也永遠是祕密。我要是說了，不就等於逼你馬上殺我麼？」

九幽神君道：「你說了，自有你的好處，你不說，我不下藥，也不殺你，一次割你一塊肉，挖了你的眼睛，割了你的舌頭，砍了你的四肢，把你醃在屍堆裡，古時候呂后對付當年皇帝寵妃的故事，你不是沒聽說過罷？」

戚少商知道這次當真比死還慘，只圖激怒九幽老怪，讓他一怒之下格殺了自己：「傅相爺叫你殺我，你卻光問不殺，莫不是要探得祕密，好威脅他？還是傅相爺要你向我逼供，以便挾天子以令天下？今回我活得出去，把這事一傳揚，你、傅相爺，當今聖上，無一不有禍患，看你又怎麼承擔得起！」

九幽神君怪笑道：「你只不過想激我殺你，讓你有個痛快！我今日若叫你死得容易，便不叫九幽——」

戚少商截道：「叫八幽，王八的八！」

九幽神君陰笑道：「罵得好！愈罵，我就愈清楚你不怕死，但怕痛苦，怕難受，怕道破真相！」

他桀桀地笑道：「我就愈要你痛苦、難過、說出真相。」

突然語音一變：「你不該來的。」

戚少商警覺這句話不是對他說的。

這句話語音裡有驚懼之意，甚至也不似是九幽老怪說的。

就在這時，風雷之聲大作。

一道驚虹閃起，矯若神龍。

極強烈的劍光已籠罩了來人。

只見劍，不見人。

戚少商卻認出了那柄劍。

「紅花劍」。

——劉獨峰的寶劍「留情」！

劍來了！人到了！

戚少商喜出望外！

這一劍，以銳不可當之勢，直刺黑穴！

朱紅色的劍光直盪入穴中！

萬未料到地上那具殘缺腐爛的死屍，一挺而起，黑袍已鋪罩在他的身上。

紅色劍芒自穴中一沉既升！

九幽神君的黑袍一展，青袖已捲住紅劍。

劉獨峰大喝一聲，黃劍拔鞘而出！

黃芒暴射！

紅袖卻又捲住黃劍。

兩人各往後一扯，只聽一種令人牙酸的聲響，黃紅二劍，竟似麵條似的愈拉愈長，而那青紅雙袖，卻似鋼板也似的愈來愈硬。

鐵劍如綿。

軟袖成鐵。

戚少商不知道兩人勝負如何，但卻知道劉獨峰和九幽神君，正在比拚內力，作殊死鬥。

劉獨峰原先受了傷，而且左手也傷了一指，更要命的是，他著了「空劫神功」，而且吃了「落鳳掌」和「臥龍爪」的陰毒暗勁。

按照他受傷如許之重，靜息調氣尚恐不及，本是決不能再動武的。

劉獨峰這一鼓作氣的追趕，越過不少髒亂之地，但他全然不理，因為這是個垂死關頭，他不能讓自己苦心培養出的部下張五，被人控制了心志，致而害死了自己所押解的欽犯也是朋友戚少商！

他用「雷厲風行大法」強振元氣，再以「一雷天下響」的內力，力拚九幽神君。

九幽神君也沒有料到劉獨峰竟然全不顧惜自己的元氣，而追到這裡來。

——這頭號勁敵既然來了，除了力拚，也無他法！

九幽神君使的是「空劫神功」。

對方功力愈高，劫力愈大。

劉獨峰施的是「一雷天下響」。

以萬鈞之力，集中摧堅挫銳的勁氣，攻破對方的防守。

戚少商感覺到自己好似突然置身於雷電交轟、殺氣撕裂著空氣之中。

任何決鬥，都會有對峙。

只看對峙的長短。

任何決戰，都會有結果。

不管是兩敗俱亡，或是一戰功成萬骨枯，還是會有結果。

人豈不就是爲了這些「結果」而戰？

兩片袖子，鏘然落地。

黃劍粉碎。

紅劍落入黑穴中。

九幽神君急退。

黑袍飛旋如巨蝠。

劉獨峰正要追擊，驀地，曠野裡有十七八具腐臭的屍首，都向劉獨峰掩撲過來。

屍蟲、腐肉、臭氣、穢液……一齊向劉獨峰攫近！

這些都是九幽神君的藥人。

生前是他的宿敵，失去知覺後仍被他驅役的可憐人！

劉獨峰閃躲、迴避，身上已沾了不少屍蟲、屍臭，有的還撲抓到他的身上，

而且在一踭踉間掉進了一個墳穴裡。

裡面伸出一雙腐爛見骨的手，抓住他的雙肩。

劉獨峰長嘯。

他拔出「秋魚刀」。

刀過處，「藥人」紛紛軟倒。

「秋魚刀」只制人，不殺人。

在這急亂之中，劉獨峰背後砰地中了一掌

這一掌，足把劉獨峰身上僅聚的內力打散。

劉獨峰飛跌出去的同時，剩下七八具腐屍藥人仍向他追去。

劉獨峰在半空中張弓搭箭！

金芒迸現，穿過兩名藥人胸背，射中黑袍！

黑袍立即著火。

九幽神君痛嚎，縱上竄下，火星子仍爆焚在黑袍上。

劉獨峰發出的是「后羿射陽箭」。
那是最後一支箭。

七六 九幽神君一捕神

劉獨峰背部著地，正跌得星移斗轉，藥人已包攏上來，半頃也不容他喘息。

劉獨峰一箭射出，身上已著了幾下拳腳，連金弓也被奪去，他一面招架，一面圖衝出重圍，但覺一陣天旋地轉，氣促神虛，又著了兩三記攻擊，有兩名腐臭潰爛的「藥人」，還猱身跟劉獨峰扭打在一起，幾乎跟他面貼面纏戰。

劉獨峰這時已不顧骯髒污穢，他發力把幾個人摔開，一口氣已接不上來，體內更覺如萬蟲噬咬，萬箭穿心。

九幽神君的身上仍沾著火，黑袍連著火光往地上一抄，已抄起那面三角形的鼓，用力一擂，鼕的一聲，張五徐徐開眼，盯住戚少商！

再鼕的一聲，張五已向戚少商邁步踏來。

又鼕的一聲，張五揚掌，往戚少商額頂拍落。

這聲鼓響，正是無情問唐晚詞有沒有聽到鼓響，唐晚詞側耳細聆，隱約聽到的鼓聲。

無情的心何嘗不急？

他千里迢迢的趕來，幫不了劉獨峰、救不了戚少商，卻中了九幽神君的圈套，跟劉獨峰鬥得兩敗俱傷，反而授敵予機！

可是他右臂因著了「秋魚刀」，一天之內不能轉動，左臂被「空劫神功」所侵，渾不著力，急又有何用？

他估量時間，就算雷捲趕得上，只怕惡鬥已有了結果？

——結果如何？

——強逼住內外重創的劉獨峰，決戰中了三枚「順逆神針」的九幽老妖，誰勝誰敗？誰生誰死？

張五掌擊戚少商。

而九幽神君整個火團似的人撲入黑穴裡。

泥土簌簌罩下，填入了坑穴。

他是要用土來滅火。

劉獨峰猛喝了一聲：「咄！」

他手上的「秋魚刀」猝然碎了！

每根「骨刺」化成銀色的碎片，在銀色的月光下，分別射中六名「藥人」。

「藥人」一挨著「秋魚刀」，立即變成泥塑一般，直挺挺的躺了下去。

剩下兩名「藥人」，劉獨峰身形陡地一沉，環腿一掃，兩人腳骨齊折，踣地不起，劉獨峰雙掌在他們背上一按，這兩名「藥人」便沒了聲息。

劉獨鋒也藉這雙掌一按之力，撲到張五身前，一腳把戚少商踢了出去，順手拔出了戚少商腰畔的「春秋筆」！

張五一掌擊空，反手向劉獨峰攻來！

劉獨峰叱道：「張五！」一手勾住他的掌勢，不料，地上突然噗地突出一截紅色的劍尖，已穿透劉獨峰的左足踝。

劉獨峰痛心入肺，悶哼一聲，張五趁此一掌，把劉獨峰胸前的一枝匕首，直按沒柄而入！

劉獨峰悶哼變成了慘哼。

他俯身削筆，這一下是拚盡畢生之力，一筆削落，紅劍劍尖切斷，他才拔足，一反肘把張五撞飛出去！

哄的一聲，一條黑袍影子破土而出。左手持矛、右手仗戟：「劉獨峰，你完了。」

劉獨峰只覺眼前一黑，金星直冒，他突然做了一件事。

把胸上另兩把短刀，疾拔了出來。

血湧如泉。

九幽神君退了一步。

劉獨峰已跛著腿竄了過去。

他把最後一分的生命力都逼了出來。

他手中的「春秋筆」，與一矛一戟戰在一起，只見銀光忽東忽西，忽聚忽散、紫電飛空、旋光遍體，兩人一合又分，九幽神君手上的矛、戟全已斷折，只剩下半尺不到的一端，握在手裡。

九幽神君發出一聲怒嘯，拔出一管鴨嘴形尖牙鋼錐，尚未出手，忽全身一震，雙手緊抓頭部，全身發顫，痛苦不堪。

劉獨峰見他拔出「陰陽三才奪」，知道憑自己幾近油盡燈枯的體力，只怕難以抵擋，但九幽老怪卻痛苦得全身抽搐，黑袍簌簌而動，雖瞧不見他的臉孔，但知要這等高手突然因病而腦袋痛得如同被人刀斫斧劈，那自是罕見的事！

劉獨峰猛然省起，揚聲戟指道：「老怪，你的順逆神針，已鑽入腦裡去了！」

九幽神君慘哼一聲，全身抖得越發厲害。

劉獨峰正要持筆上前出手，但腳下一陣踉蹌，竟給人攔腰抱住。

抱住他的人是張五？

九幽神君突然尖嘯了三聲。

嘯聲使得遠處林木撼擺，欲穿耳膜，一聲比一聲淒厲，只見他嘯了之後，持「陰陽三才奪」，往劉獨峰身上就搠。

劉獨峰一時掙脫不得，怒喝道：「張五，放手！」

張五已失心喪魂，只抱住劉獨峰不放，怎會聽他號令？

劉獨峰慌忙以春秋筆回捺過去，雖然雙臂被抱，但筆法依然錯落飛旋，筆法如山，筆意似練，封住九幽神君的攻勢。

「陰陽三才奪」，落到九幽神君手裡，決不似握在狐震碑手上所施；而「春秋筆」執在劉獨峰手裡，也決不似張五手中所使；可是，劉獨峰的身子，卻被緊緊摟住，施展不開來。

「嗒」的一聲，「陰陽三才奪」的鋼刺暗扣，已挾住了「春秋筆」。

劉獨峰還待力拔，但三才奪連聲嗒嗒作響，至少有十六七道活扣暗卡，都扣住了春秋筆。

九幽神君瘋狂似的尖笑起來。

他全身繞著三才奪，在半空旋動。

春秋筆變形、扭曲、雖不致斷裂，但已彎折得不成樣子。

劉獨峰猛喝一聲，如同半空雷震，雙手陡地一揚，張五便翻跌出去。

劉獨峰震開張五，趁九幽神君尖笑起落之際，一手抓住了三才奪，就要搶奪過來。

可是，三才奪尖，突然射出一道細細的白芒。

白芒正中劉獨峰臉上。

劉獨峰捂臉倒下。

九幽神君桀桀狂笑。

冷月如鉤，大地如罩上一層冰屑。

這樣一輪冷月，唐晚詞卻有萬千的愁緒。

——戚少商被擒。

——雷捲追敵。

唐晚詞在擔心著兩人的安危，自然其中惦念的是雷捲。

息大娘力主要救戚少商於水火之中之時，唐晚詞曾大力反對過，果然，毀諾城因此而城毀人亡，唐晚詞亦曾在心裡埋怨過。

——可是，換作如今，遇難的是雷捲，她願不願意捨身破家相援？

願意！

答案絕對毋庸置疑。

她終於明白息大娘的心意。

唐晚詞現刻不能相隨雷捲赴救戚少商，只因爲這兒需要人守護。

可是她的一顆心，仍無法安靜得下來。

也因為這樣，她對一切都較不留意。

驀聞一聲驚呼，唐晚詞霍然回首，刷地拔刀，刀光比月色更冷。

只見一道薄霧輕紗般輕顫的綠色微芒，飛旋而沒入林中。

銀劍拔出小劍，一面忿然不甘的樣子。

唐晚詞問：「什麼事？」

無情慨嘆道：「也罷，這女娃子命不該絕，且望她能痛改前非，好自為之。」

原來泡泡倒在地上，額上著了無情一片飛梭，暈了一陣，卻未斃命，主要是因為無情雙手無力，運力不暢，而見泡泡是個女孩子，也不忍心猛下殺手，所以未盡全力。

銀劍正要過來擒住泡泡封其穴道的時候，泡泡卻醒了過來。

她人雖醒，額角還流著血，神志卻亂成一團。

無情的暗器，使她腦門受到極大的震盪，一下子變成連一點記憶也沒有了。

她本能的覺得驚惶，飛身而起，一拍命門，全身化成一道「碧毯」，往林內掠去；其實碧芒只是障眼法，她的人是藉著詭奇的光芒護身而遁走。

銀劍未曾識過九幽門下「身幻光影」的奇技，一怔之下，只覺好玩，而唐晚詞又心不在焉，終給泡泡逃跑。

這一逃，日後江湖上便多了一個失去記憶、額上有一道豔疤、手段狠辣、武功怪異、臉目甜美的小女孩子，人稱「無夢女」，幹出了不少驚人的大事，這是題外，在此不提。

無情本來也無殺她之心，但見她太過狠毒，不能放過，但泡泡這一逃，無情要追也有心無力，這對泡泡而言，反而等於重新以另一個面目，再活了一次。

唐晚詞覺得自己一時不察，以致跑掉了一個勁敵，有點不好意思，只說：「沒想到這小娃兒流了一臉的血，行動還如此迅捷。」

無情不答她，卻轉向銀劍道：「銀兒，你去把道上的竹子全削斷拔去罷，免傷了路人。」於是便授銀劍拔竹之法，唐晚詞在旁聽了，也訕訕然地幫銀劍削竹清道。不久，連那兩匹馬，都牽了出來。

唐晚詞看見馬，又想到人。

——雷捲啊雷捲，這一路上，我跟你共歷患難，你都沒有喪命，決不可一個人的時候，而遇到不幸……

任何人都有幸與不幸。

劉獨峰身上有嚴重的內傷，是他的不幸，所以他明知「陰陽三才奪」裡有殺著，也躲不開去。

九幽神君被「順逆神針」射中，同樣是不幸，因爲他強彆住一口氣跟劉獨峰動手，不意三枚針中其中一枚，已逆走入腦，一枚順刺入心，只有一枚，仍逼在尾指甲間。

九幽神君的痛楚，自不堪言。

其實，九幽神君和劉獨峰對上了，是彼此的不幸。

劉獨峰中了白芒，倒下之後，再也沒有起來。

任何人跌倒，都得爬起來。

也有人認爲，在哪裡跌倒，就必須在哪裡爬起來。

甚至有人說，跌倒就是爲了再爬起來，而且永遠不跌倒兩次。

劉獨峰卻不能再起來。

他已失去了再起來的能力。

九幽神君見劉獨峰倒下，「三才奪」嗤的一聲，又射出一道黃霧似的東西，釘中了張五。

張五怪叫一聲，全身慢慢融化，表情痛苦至極！

九幽神君的三才奪一沉，往地上的劉獨峰當頭砸下！

這時候，青光疾遞，戚少商已挺劍攻來！

九幽神君迴奪一架，兩人走了幾招，進退幾步，戚少商攻不進九幽神君的防守，九幽神君也逼不退戚少商！

——只要逼退戚少商，他矢志要先殺了劉獨峰，親眼看見他斷氣才甘心。

戚少商之所以能拔劍再戰，完全是因爲劉獨峰在他背門踢了一腳。

那一腳是踹在氣海俞穴上，劉獨峰藉著這一腳，把內力傳到戚少商的身上，他踢了這一腳之後，更加神竭力衰，加速敗亡。

戚少商卻貯聚那一踢之力，默運玄功，經過一陣沖激，終於衝破被制之穴道，抄起青龍劍，立即趕援，但劉獨峰已倒了下去。

戚少商連忙護在劉獨峰身前，一味搶攻，但他穴道被制剛才解除，運氣仍有阻塞，要不是九幽神君心痛頭疼，只怕早就被「陰陽三才奪」分了屍！

戚少商咬牙苦戰，但只能進，或苦苦撐持，堅持不退，九幽神君神亂志昏，但他手上的三才奪，機關精密，自動卡地扣住了青龍劍！

戚少商發力一拉，不曾把劍扯得過來，九幽神君負痛發蠻，大力回扯，戚少商聚力相抗，「拍」的一聲，劍鍔突然鬆脫，掉下一張織帛來！

錦帛在月下一照，血漬斑斑的遍寫了字，九幽神君喜道：「在這裡了！」他要逼戚少商道出的祕密，顯然在這布帛上！

九幽神君飛快地彎身俯拾。

戚少商單手搶入三才奪裡。

九幽神君迴奪一絞，立意要把戚少商的手臂絞斷。

戚少商的用意，卻不是要搶三才奪。

他的手指極迅急的在三才奪柄上一個絕難看得出來的活扣上一按，「哧」的一聲，一股淡而迅疾的黃霧，反射在九幽神君黑袍內的頭部！

九幽神君半聲慘呼，頓住。

戚少商急縮手，袖子被扯裂，他一抄手拖起劉獨峰，急略三丈，才敢回身。

只見在冷月下，那黑袍篩糠般的抖動。

白煙自黑袍裡冒出，裡面的事物，似愈縮愈小，愈來愈癟，到後來，白煙愈來愈濃，連黑袍都逐漸腐蝕。

「三才奪」噗地落在地上。

剛才射在九幽神君臉上的，正是他用來射殺張五的「大化酖醪」，那是一種厲害無比的毒液，稍加沾醮，立即要化成一灘屍水。

戚少商曾在山神廟附近，得劉獨峰指點過，他記性好、悟心高，已記住三才奪機括的運作法，在剛才危急關頭，要決心一搏，按下一個機括，果然使九幽神君作法自斃。

九幽神君終於變成了一灘屍水。

不過，還是誰都沒有看過他的真面目。

戚少商怔怔出神半晌，突然間，有兩條人影，向他飛撲而至！

他手上還抱著奄奄一息的劉獨峰，這兩人倏地出現，寒光照面，一根三尖刃齊眉棍，已向他當頭打到，那女的卻疾掠向地上的織帛！

同一刹那，忽聽一人沉聲叱道：「看打！」

在這兩人攻擊未及戚少商前，雙手的拇指，已按在兩人的背上！那女子背上「乒」的一聲，像有什麼碎裂了的聲音，那男子往前一衝，嘩地吐了一口鮮血！

兩人不敢戀戰，只沒命的往前就跑。

那後面的人也不追趕，身子像沒四兩的棉花，輕飄飄的落下地來，但身上穿著極厚的毛裘，月亮照出他一張瘦削深沉的臉。

這人當然就是雷捲。

他趕到的時候，英綠荷與龍涉虛正向戚少商暗算，他不動聲色，先發制人，又彈破了英綠荷背上的一面晶鏡，而龍涉虛仗著「金鐘罩」護體，居然傷而不死，但兩人發現既被人「黃雀在後」，師父九幽神君又已慘死，哪敢戀戰，當下不要命似的飛逃。

雷捲一到，知道織錦裡必有重要祕密，當下看也不看，就把織錦塞回青龍劍劍鍔內，把劍鍔重新旋上，交回給戚少商。

戚少商正全神貫注，在劉獨峰的身上。

七七 叛逆

月光下，劉獨峰緩緩睜開雙眼，瞳孔失神，眼白赤紫，臉色青白一片，看不見青紫煞白之處，便是給血污沾污。戚少商見了一顆心往下沉。

劉獨峰昏絕了過去，醒來時發現攙著他的是戚少商，正替自己止血，並要拔除嵌入他左顴骨上的一枚紫藍色的鋼刺，立即將頭一偏，道：「千萬不要——」戚少商即停手。

劉獨峰問：「九幽老怪呢？」

戚少商道：「死了。」

劉獨峰也沒說什麼，隔了一會，道：「我在南，他在北，各人有各人的因緣際會，沒想到，他註定要因我而死，我也是註定要死在他手裡。」

戚少商道：「快別那麼說。你的傷是可以治癒的，我扶你回石屏鐵麟松處，跟無情他們先行會合，然後馬上趕到鎮上，悉心調理，應無大礙。」

劉獨峰搖頭微笑道：「我自己受的傷，我自己比你清楚。我顴上著了『三陰絕尸刺』，是決不能活了，而且原先的內傷掌毒，全發作了出來，又恃強苦拚，以致內息走岔，而今身上沒有一處經脈是能復續的，我之所以能夠不即死，是這支毒刺，反而以毒攻毒，鎮住了九幽老怪四種毒掌的陰勁，但是，一旦這五種毒力互相抵制之力消解，併發攻心，我就求死不能了。這鋼刺……現在是不能拔了。」

戚少商知道劉獨峰說的是實情，只能謹遵的道：「是。」

劉獨峰苦笑道：「我是個最怕髒的人，雖說我世襲纓侯，華衣美食，扈從如雲，但好潔如此，卻非我之天性。我少年時，家道曾一度中落，爲奸臣逼陷，幸得忠僕抱到豬欄裡躲藏，才逃得過性命。那段日子裡，在髒臭污濁之地度日如年，目睹親人被殘害，自己又著重病，變成深刻的夢魘，鏤刻在心裡，日後雖能重振家聲，衣錦榮歸，唯一見到髒穢之地，就心生畏怖，彷彿惡夢重現，死期將至……」

他譏誚地一笑道：「沒想到，這隔了多年之後，我真的是在泥坑裡穢物中打滾，然後就要一命歸西了。」

戚少商聽了心裡十分難過：「都是我，把你連累了……」

劉獨峰道：「要是我能忍得下操縱傅宗書的人這種手段，我也不是劉獨峰了，我就是不能任由九幽神君殺人滅口，所以，就算殺的不是你，我也一樣會插手，何況，傅宗書要的不止你的命，還有我的人頭！這不干你的事。」

戚少商知道劉獨峰是替他開脫，不使他歉疚。

「你曾向我提過，握有關係到當今天子的祕密。那時候，我還活著，知道聽了反而招惹麻煩，所以不聽爲尙。」劉獨峰說話艱辛，但運息仍然清明：「但現在我快不行了，你的祕密，可以告訴我了，你們長期被敉剿追緝，也不是辦法，總要想個法子，置之死地而後生，方有個安身立命的時機。」

戚少商垂淚道：「你如果要聽，我什麼時候都可以坦然奉告，不過現在你還是療傷要緊，這些事，暫緩再說。」

劉獨峰忽然握住戚少商的手，道：「再緩我已聽不到，不能給你意見了，到這地步，我是活不了的，你也不必儘說些安慰的話。」

雷捲過去，在九幽老怪那一灘屍水裡，小心翼翼的拾了一方印章，正是無情的「平亂玦」，他收入懷中，聽聞劉獨峰這樣說法，知道這老人古道熱腸，瀕死仍要爲人排憂解難，便向戚少商道：「你還是把話告訴捕神罷。」

戚少商道：「是。我的祕密，來自楚相玉，楚相玉自滄洲大牢逃了出來，曾躲在連雲寨一段時期，他屢次興兵造反，都被剿平，那次逃出來，野心不減，但知道朝廷已派出好手追捕他，他便有些不寧定起來，有一日，悄悄的跟我說：他手上握有皇帝的祕密，證據一分爲二，把其中之一寄存在我處——」

雷捲忽道：「這事我該聽嗎？」

戚少商一時也不知該如何回答。

劉獨峰神志倒是十分清醒：「這事可聽可不聽，不過，到今天這樣的局面，就算你不曾聽著，作賊心虛的也認定你知道始末，同樣不會放過，如此說來，這事多一人知道，也無不可。」

雷捲淡淡地道：「反正這趟渾水我是冒進去了，不聽白不聽。」

戚少商道：「其實祕密很簡單：當今天子趙佶，不是依先帝的遺詔所立，這裡面涉及一場宮廷鬥爭，皇室內鬨，楚相玉說，裡中情形，諸葛先生是知道的，傅宗書也明白幾分，其中蔡京已二度被罷丞相之位，但實權尙在，其實便是傅宗書的後臺，朝中新舊二黨，誰也扳不過他。」

劉獨峰震詫地道：「蔡京的確是個位極人臣、禍國殃民的得勢小人，而今朝政顚覆，這人可謂罪魁禍首；但趙佶確是由向太后所立，乃典禮之常，莫非其中別有內情……？」

戚少商點頭道：「據說，太子太傅離奇暴斃，資事堂變亂，向太后臨朝，只半年就離奇病逝，新黨章惇被貶，和親王趙似出亡，都是他一手造成的。楚相玉原是三太子少保，曾護皇叔趙似出亡，投奔女真部，圖謀爭回帝位，但中途被蔡京和傅宗書的人截殺，楚相玉逃得一死，身上有太后的手諭與太子的血書，足可揭露趙佶的大逆不道、逼害宗室的手蹟。太后手諭，楚相玉攜之逃亡，而太子的血書，則囑我代藏……」

劉獨峰搖首嘆道：「趙佶輕佻，群臣進言直諫，莫不是降罪的降罪，抄斬的抄斬，充軍的充軍，貶謫的貶謫。獨是浮滑無行、不學無術的蔡京，凡政事之要者，不論宗室、冗官、國用、商旅、鹽澤、賦調、尹牧，無一不奪權獨攬，箝制天子，因『花石綱』事而動天下之怒，皇上爲平眾忿，暫時罷黜，但仍由他忠心黨羽、武功高強的傅宗書代左僕射之職，大權在握，弄得朝政日非，民不聊生。不過，而今國難當前，外敵侵略，趙似已歿，朝廷若然再傾軋動亂，想非社稷之福，縱有血證又有何用?實在大勢已去，安定是福啊!」

雷捲忽道：「看來，趙佶和蔡京、傅宗書謀奪這些血證，不過只是爲了保持令譽，他年謚號追封功過，不致遺臭萬年罷了。」

劉獨峰點頭道：「天子趙佶，沽名釣譽，自然得毀滅這些逼害宗室的鐵證。

不過，我倒認爲聖上要追回這些證物，是要保全英名，傳宗書要得此鐵證，爲的是巴結蔡京，使他更可挾令天子……」突然心口一痛，全身抽搐了一陣。

雷捲早已蹲在劉獨峰之後，左手拇指抵著劉獨峰的命門穴，將一股內力緩緩輸入，劉獨峰歇了一歇，才道：「他們目標一致，但圖謀不一。」

戚少商苦笑道：「而今，我手上有了這份血證，其實並無用處，但卻懷壁其罪，這燙手山芋一天在手，他們必不會放過我，就算我把它毀棄，他們也非要殺我滅口不可。」他揶揄地道：「我本還以爲『絕滅王』楚相玉胡謅，也沒有當真，現在出動到這麼多朝中權貴，派出那麼多武林高手，這證物自然也是真有其事了。沒想到，楚相玉被捕殺這麼一段時間之後，還鬧出這麼大的事情，連雲寨、毀諾城、霹靂堂，都遭了連累，也許楚相玉死後陰魂怪責我當年只擋追緝軍隊一陣，沒有爲他截住追兵罷，不過，當時的情形，我們也算是全力以赴了，連雲寨亦因此而折兵損將哩。」

劉獨峰道：「這件事，一日不解決，天下雖大，但你永無處容身、無所安歇，我倒有一個計議。」

戚少商知道若在平時，劉獨峰忠心社稷，決不會跟他密謀對付朝廷的計策，而今肯於授計，乃因自知不久於人世矣。

「我們來個『以毒攻毒，將計就計』。」劉獨峰道。

雷捲目中寒光吞吐：「捕神的意思是？」

劉獨峰道：「你反過來，不要逃避，威脅朝廷，他們再迫害你，你就把證物公諸於世！」

戚少商與雷捲都吃了一驚。

劉獨峰道：「你只要表示血證和內中曲折，你已告知十數友人知曉，他們散處各地，如你一旦被人緝捕滅口，江湖朋友必為你公諸天下，這樣，昏君不但不敢殺害你，反過來還要遣人來保護你，怕你被人害了，卻連累了他，就連傅宗書、蔡京也不敢造次，如此，你便能扭轉乾坤。」

戚少商瞠目半晌，一時說不出話來。

雷捲長吁了一口氣，道：「可是，該怎麼著手進行？」

劉獨鋒道：「無情。」

雷捲道：「無情？」

劉獨峰道：「他有俠義的心腸，他又同情你們。有他出面，事可穩成，這件事，你們也應對他們說明，也提到是我的意思。」

他頓了一頓又道：「你們應先到郗將軍府，無情跟郗舜才很有交情，安全大致不成問題，你們住在官家，傅宗書的人也不敢不照章行事，俟無情雙臂傷癒，『無敵九衛士』倒可派上用場，一日連趕兩百里，只要往京城找到諸葛先生，握此證據，面呈獻議，局面應可把持。我們剛才要先赴燕南爲的是借重郗舜才手下的人在廣宅深府裡布陣迎戰九幽老怪，而今，你們還是赴郗將軍府，但情形卻大大不同了。」

戚少商猶疑的道：「這件事，我已連累太多友好了，再要勞擾無情兄，還要驚動諸葛先生，未免說不過去，我也於心不安。」

「這有什麼！」劉獨峰道：「官場的事，由你們自己去解決，那是事倍功半，且易徒勞無功的，這件事交回官場的方式辦理，則易辦多了，諸葛先生比我更知進退，懂分寸，只要他得悉原來箇中情由，他向來足智多謀，必有化解辦法。」

雷捲道：「少商，這件事，劉捕神說的是，你也不必多處推辭了。」

「這種欺君逆主之事，我本也不便說的，」劉獨峰道：「可是，他們所作所爲，端實是太甚了，金人進侵，遼軍逼境，他們一味棄盟議和，苟且偷安，抱殘守缺，但只對內部荼毒百姓，欺壓良善。當年，有位神相替我算命，說我將來難免『晚節不保』，又說『爲臣不忠』，我當時盡忠職守，爲國效命，怎會信他一派胡言？現在，看來，倒是在我臨終之前現驗了。」

雷捲瞧見劉獨峰臉上的氣色已跟死人無疑，便道：「我們還是先跟無情兄等會合再從詳計議罷。」一面暗催內力，灌入真氣，盡力護住劉獨峰微弱的氣息。

「我要是能捱到石屏，還要在此地把話說清楚麼？我因把畢生功力全拚了出來，內息弄岔，走火入魔，而新傷之毒又恰好能剋制舊傷之毒，才能嘮叨到現在，已經油盡燈枯了。死又如何？不過是一場夢醒而已！你們不必為我悲傷。人生再活數十年，也難免一死，現在我身邊六個親如手足的人，都全軍覆沒了，我也該去會合他們，他們既一起來，也該一起去的。」劉獨峰輿嘆道，「要是像這些軀殼未腐，神智卻為人所奴役，而又無藥可救的藥人，苟延不死，這才是世間第一慘事……」

說到這裡，五臟六腑似有百把小刀同時捌搗，痛得他半句話都說不出來。

戚少商連忙也加了一道真氣，自劉獨峰「志室穴」輸了進去，劉獨峰怪眼一翻，聲音濃濁，知道他連說話啓齒都十分痛苦：「拔刀！」

戚少商一怔，不知他何所指。

劉獨峰想用手拔除胸前被張五拍入的那一柄刀，但連手也無力舉起，又叱了一聲：「替我……拔刀！」

戚少商知道劉獨峰是要速死，但他又狠不下心眼看劉獨峰死於自己手下。

雷捲冷著臉色道：「這樣他會很痛苦的。」

戚少商的手碰到刀柄上，他沒有抽拔，抱著一線希望的道：「說不定還有救——」

雷捲忽然起身。

他一掌推開戚少商。

一手拔出劉獨峰胸中的刀。

血迸濺，劉獨峰大叫一聲，斃命當堂。

雷捲臉無表情，執著刀子，每走近一名倒在地上的「藥人」，就過去刺戳一刀。

戚少商忍不住道：「為何要殺他們？」

雷捲下刀不停，邊道：「讓他們成為無主孤魂，而又返魂乏術，豈不更慘？」

戚少商明白雷捲的意思，只見張五已化成一灘屍水，遂過去拾起「陰陽三才奪」。要不是在這之前劉獨峰已教他留意三才奪，他曾細察這武器上的種種機關，今晚就未必能把九幽老妖殺死，心道好險，猶有餘悸；想起劉獨峰可以說是爲自己而千里跋涉，萬里送命，心中更是難過。

雷捲揹起劉獨峰的屍身，向戚少商道：「來，還有很多事，等著我們去辦。」

戚少商與雷捲在車內向無情說明了這件事的始末，無情對劉獨峰的死，十分悲傷，只說：「要是我不來，九幽老妖未必能傷捕神，卻是我累事。」

戚少商垂淚道：「不，劉爺是爲我的事而出京，是我累死他的。」

雷捲把「平亂玦」還給無情，說：「你們誰也別自責了，劉捕神已經死了，他臨死前的建議，不知可不可辦？能不能辦？」

無情皺著眉心，沒有說話。

馬車飛馳，這次是由唐晚詞和銀劍趕的車。原先拉車的兩匹馬被泡泡的暗器射死，唐晚詞把她和雷捲騎來的駿馬替換上。

戚少商向雷捲道：「不能辦也不打緊。反正已逃亡了這些日子，不見得就逃不過。」

雷捲盯住無情，冷冷沉沉地道：「你若是不能幫這個忙，也要說一句話。」

無情道：「劉捕神這個意見很好。」

戚少商與雷捲臉上都現出了喜容。

無情道：「我只不過在想，這一勞永逸、以惡制惡之計，不如順水推舟，連消帶打，借刀殺人！」

戚少商和雷捲都不明白。

無情一笑，道：「祕密在手裡，你可以開出條件。你要他們不再追捕你，是最低要求，可是，你也可以開出其他的條件，來交換你不再亡命天涯，及彌補這些日子來所遭受的荼害。」

戚少商明白了幾分，道：「我們這樣做，卻由何人轉達？」

無情道：「我。」

雷捲道：「你？」

無情道：「我仍坐鎮燕南郗將軍府，跟你們同在一起，九幽老妖已除，有我在這裡，憑這只『平亂玦』，他們一時不敢亂來，我則請郗將軍親信聯同銀劍，飛騎趕回皇城，面報諸葛先生，快則十一、二日，遲則廿天，事情便有了決定。」

戚少商道：「可是，這可會使你不便？」

無情道：「只要做得技巧一些，便可反客爲主。你提出條件，我佯裝是爲皇上平息這項醜事外揚之人，將消息飛報天子，並非跟你們同道，不應有罪，何況，皇上也需要派人跟你們商議解決此事之法，故此並無爲難之處。」

戚少商喜道：「如此甚好。」

雷捲道：「卻不知要附加些什麼條件？」

無情微微笑道：「我這也算叛君逆國了罷？」

忽語音一整，冷笑道：「橫是叛、豎是逆，但對這樣一班君不爲君、臣不爲臣的昏庸奢惡之徒，我就逆他一逆，叛他一叛！」

請續看中卷《十面埋伏》

【武俠經典新版】四大名捕系列

四大名捕逆水寒續集（上）月色如刀

作者：溫瑞安
發行人：陳曉林
出版所：風雲時代出版股份有限公司
地址：10576台北市民生東路五段178號7樓之3
電話：(02) 2756-0949
傳真：(02) 2765-3799
執行主編：劉宇青
美術設計：許惠芳
行銷企劃：林安莉
業務總監：張瑋鳳

初版日期：2021年07月新版一刷
版權授權：溫瑞安
ISBN：978-986-352-942-2
風雲書網：http://www.eastbooks.com.tw
官方部落格：http://eastbooks.pixnet.net/blog
Facebook：http://www.facebook.com/h7560949
E-mail：h7560949@ms15.hinet.net
劃撥帳號：12043291
戶名：風雲時代出版股份有限公司
風雲發行所：33373桃園市龜山區公西村2鄰復興街304巷96號
電話：(03) 318-1378
傳真：(03) 318-1378
法律顧問：永然法律事務所 李永然律師
北辰著作權事務所 蕭雄淋律師
行政院新聞局局版台業字第3595號 營利事業統一編號22759935

定價：270元

國家圖書館出版品預行編目資料

四大名捕逆水寒續集（上）／溫瑞安 著. -- 臺北市：風雲時代，2021.02- 冊；公分

ISBN 978-986-352-942-2（上冊：平裝）

1.武俠小說

857.9　　109019980